El día que sientas el latir de las estrellas

El día que sientas el latir de las estrellas

Dulcinea (Paola Calasanz)

Rocaeditorial

© 2018, Paola Calasanz

Primera edición: abril de 2018
Primera reimpresión: abril de 2018

© de esta edición: Roca Editorial de Libros, S. L.
Av. Marquès de l'Argentera 17, pral.
08003 Barcelona
actualidad@rocaeditorial.com
www.rocalibros.com

© de la ilustración de cubierta: Ana Santos

Impreso por LIBERDÚPLEX, S.L.U.
Crta. BV-2249, km 7,4, Pol. Ind. Torrentfondo
Sant Llorenç d'Hortons (Barcelona)

ISBN: 978-84-17092-98-6
Depósito legal: B. 5219-2018
Código IBIC: FA

RE92986

A Ismael, por exhalar África por
cada poro de su piel e inspirarme

Carta de la autora

*P*oder escribiros unas líneas antes de que Isla y los demás personajes cobren vida es todo un honor para mí. Un ratito autor-lector antes de sumergirnos en la historia que está a punto de empezar, así que bienvenido. Te aconsejo que te prepares una taza de tu té, café o chocolate preferido porque espero que esta aventura te haga viajar muy lejos y soñar muy alto. Pero antes déjame confesarte un par de cosas.

Para empezar, debo admitir que no soy una persona de finales. Nunca lo he sido, más bien todo lo contrario. Soy incapaz de acabar las cosas que empiezo, relaciones, amistades, dietas, libros, series… Quizá es una fobia a los puntos y aparte que aún desconozco. El hecho es que por ello me ha costado tanto acabar esta serie de tres novelas: *El día que sueñes con flores salvajes*, *El día que el océano te mire a los ojos* y esta última entrega *El día que sientas el latir de las estrellas*. Si estás hojeando este libro, quizá atraíd@ por la preciosa ilustración de Ana Santos de la portada o porque algo ha captado tu atención, permíteme romper un poquito la magia y recomendarte que empieces por el primer libro. No es imprescindible del todo, puesto que los protagonistas de esta historia son nuevos, pero aparecen los personajes de las anteriores novelas y estaría genial que también conocierais sus entrañables historias.

En estas tres novelas he compartido todo mi ser a través de unos personajes de los que me he enamorado y los cuales ya formarán parte de mi vida para siempre. Mi manera de ver el mundo, mi filosofía de vida; mis valores, mi verdad, todo plasmado en estas tres historias. Tres novelas con tres intensas historias de amor guiadas por una fuerza espiritual que revela enseñanzas que me han sido muy útiles en la vida y que me han hecho conectar, crecer y ser: conectar con la naturaleza, crecer de espíritu y ser la persona que soy ahora mismo, que no tiene nada que ver con la que fui unos años atrás.

Por ello, si estás pensando en leer este libro, o alguno de los anteriores, lo mejor es empezar por el principio, pues esta última entrega desvela los finales de las anteriores, que aun siendo personajes diferentes, están conectados todos entre sí y las vidas de los seis protagonistas se cruzan a lo largo de las novelas. Si me permites otro consejo, léelos con la banda sonora que he preparado en Spotify, pues entrarás en el mundo de los personajes del mismo modo que lo hice yo al crear esta historia. Esta novela transcurre en África y te aseguro que leerla con el sonido de los tambores de fondo hará que todo cobre más vida y más sentido.

Déjate llevar por estas páginas, por las emociones, por los latidos y por el amor.

Después de haber volcado en estas tres novelas tantos pensamientos y tantas horas, siento que he dejado un gran pedacito de mí en cada una de ellas.

Ahora un ciclo termina, un capítulo que cerrar. La aventura de El día que... ha llegado a su fin pero me hace feliz saber que vivirá para siempre en vuestros corazones. Con mucho cariño os dejo perderos entre estas páginas que espero que os llenen la vida de luz, calor y ganas de correr descalzos por la selva, por el bosque o por alguna playa desierta.

Tenéis un tablero de Pinterest con las imágenes que inspiraron esta novela (al igual que las anteriores) en mi perfil: www.pinterest.es/dulcineastudios

Y en Spotify podéis empezar a escuchar la banda sonora también en mi perfil:

PAOLA CALASANZ
BSO: Mundo Isla #noveladulcinea

Disfrutad del viaje.

1

—¡¡ *N*areeeeel!! —grito nerviosa y estresada desde la habitación de invitados de la casa de mi hermano.

—¡Por Dios, Isla, que nos vas a dejar sordos! Vas a perder el avión. Deja de chillar y baja ya —contesta desde el comedor.

Oigo a la pequeña Sam reírse como una loca por las palabras de su padre y de repente, silencio. Seguro que Aurora le ha tapado la boca en broma para que no se ría de mí y no me ponga más nerviosa. Es genial cómo se han unido estos últimos meses desde que viven los tres juntos. Desde luego, son otros. Los echaré tanto de menos... Trato de respirar para que no me dé un ataque. «Inspira, espira, Isla. Inspira, espira», me repito una y otra vez.

—¡Que no encuentro el pasaporte, joder! ¡Ayudadme, porfa!

Empiezo a dar tumbos de un lado al otro de la habitación poniéndolo todo patas arriba. Busco y rebusco, pero no hay manera. Me encuentro con mi reflejo en el espejo. Dios mío. Se nota que la situación me supera. El pelo rubio se me enreda justo por encima de los hombros y se me encrespa como una leona cada vez que no lo peino. Es indomable. Apenas he dormido en toda la noche presa del pánico. Me detengo en mi mirada azul y me parece fría y pálida. No hace falta que reconozca que los nervios siempre han sido mi peor aliado, pues es algo que no puedo esconder. Oigo una estampida por las escaleras. Sam las está subiendo a zancadas, parece que huye de Aurora para que no la pille, y Narel resopla nada más ver la situación.

—¿En serio cinco minutos antes de salir para el aeropuerto te pones a buscar el pasaporte? —me pregunta Narel asombrado.

—¡Lo tenía aquí! Sammy, no habrás cogido el pasaporte por casualidad, ¿verdad, mi niña?

Sam mira hacia arriba tratando de recordar y entonces abre la boca de par en par y sale corriendo.

Quince segundos después aparece por la puerta.

—¡Aquí está! ¡Aquí está! —grita mientras sacude mi pasaporte en su manita—. Perdona, tía Isla, estaba preparándote una sorpresa.

Empalidece por un segundo por miedo a que la regañemos. Veo el dibujo de un corazón de color verde con un gorila en el centro, enganchado con dos clips de pelo a la tapa del pasaporte. Sonrío y se me quita el mosqueo de golpe. Pero ¿cómo puede ser tan especial mi pequeña?

—Hey, ven aquí, cariño. —La abrazo con fuerza—. Te voy a echar muchísimo de menos. Quiero que pienses mucho en mí y me desees suerte, ¿vale?

—No te va a hacer falta, tía Isla. La suerte es para los débiles.

—Sam, por favor, ¿de dónde sacas esas frases? —pregunta mi hermano mirando a su hija con los ojos como platos.

—Papá, Aurora y tía Isla, ya soy mayorcita para hablar como quiera —sentencia como si fuera una profesora. Me abraza de nuevo con fuerza y me susurra al oído—: No tengas miedo en la selva, los animales son tus amigos.

Sonrío con una mezcla de tristeza y alegría.

—Gracias, pequeñita. ¿Vamos? —Les señalo la puerta a Narel y a Aurora.

Me cuelgo el bolso mientras mi hermano coge la gran maleta que he preparado y Aurora me abraza rápidamente porque nota lo histérica que estoy.

—¿Recuerdas lo primero que me dijiste al verme? —me susurra Aurora.

—Sí...

—Pues ahora te lo digo yo a ti: ¡Bienvenida a tu nueva vida!

—Uff... —suspiro con ganas de llorar y le beso la mejilla.

Nos hemos hecho inseparables desde que vive en Australia con nosotros. Como si fuera una hermana más. Miro por un segundo el dormitorio que ha sido mi hogar durante dos años y ahora no es más que la habitación de invitados, y me despido mentalmente.

15

Ahora sí. Me toca enfrentarme a mi peor temor. Me toca vencer mis demonios y entender aquello que siempre me he negado a entender. Mis padres y la razón por la que me abandonaron.

África. África es todo lo que se me ocurre cuando pienso en mis padres. En mi madre, esa mujer a la que nunca conocí. En mi padre, con su mirada siempre triste pensando en ella. Toda la vida oyendo lo especial, soñadora y luchadora que era. Su belleza interior y exterior, su larga melena rubia, tan rubia como la mía. Hace años que decidí cortarme el pelo por encima de los hombros para que nadie más me pudiera decir lo mucho que me parecía a ella. Pasé años odiando la frase: «Eres la viva imagen de tu madre con esa melena». No lo soporté y me la corté para huir de su fantasma, para huir de todos los reproches que le haría si la tuviera delante. Si no estuviera muerta. Por dejarme, por preferir África antes que a nosotros, por romper el corazón de mi padre y hacer que él echara a correr tras su rastro y se olvidara de mí.

Pero con el tiempo, mi melena volvió a crecer. En el fondo de mi corazón, sé que eso no es más que una coraza, un parche, un modo de resguardarme, de defenderme, de que no me duela su ausencia, la necesidad de haberla tenido, de haberla conocido. ¿Cómo puede una madre ser tan egoísta y abandonar a su hija de apenas un año y a su marido? ¿Por salvar gorilas en medio de la selva? Creo que nunca se lo perdonaré, aunque poco importa ya. Todo lo que importa ahora es mi padre. Hace un año que no lo veo. La última vez fue en mi veinticuatro cumpleaños. Nos hizo una visita a todos y me regaló un billete para viajar a África con él y que conociera cómo era su vida allí. La vida por la que había renunciado a mí. Pero no fui. No me sentía preparada.

Así que ahora, dos años después, he tomado la decisión, ya iba siendo hora. Ha llegado el momento de superar este terror que tengo a viajar, a coger un avión, a salir de mi área de confort en Byron Bay, Australia. Y enfrentarme al continente más majestuoso del mundo.

La vida de mis padres me ha causado varios traumas de los que ya me siento curada, pero que he arrastrado toda mi vida. Uno de ellos, viajar. La última vez que mi madre lo hizo, cuando yo tenía solo un año, murió. Y tras eso mi padre se fue para no volver. Eso es algo que te marca, lo quieras o no. Tras mucho trabajo, he comprendido que relaciono los viajes con la ausencia, con la pérdida, e imagino que por eso siempre los he evitado.

Busco en mi bolso el diario que mi padre me escribió veinticinco años atrás, cuando yo era solo un bebé. Es un cuaderno envejecido por el paso del tiempo en el que me contaba el porqué de su partida, un diario lleno de confesiones, de amor y de la mayor despedida de mi vida, la suya. Mis tíos, con los que me he criado, me lo entregaron al cumplir los quince. Narel y yo hemos crecido como verdaderos hermanos, pero en realidad somos primos. Mi padre es hermano del suyo. Él me dejó con mis tíos cuando se fue tras el rastro de mi madre. Así que, para mí, lo más real y cercano a una familia que tengo es Narel. Y Anne y Kyle, a los que llamo papá y mamá.

Me dispongo a releer el principio del diario una vez más mientras nos dirigimos hacia el aeropuerto. Siempre lo he guardado como un tesoro, pues me acerca a ella. A ellos, a cómo se conocieron. A cómo mi padre se enamoró de la Chica Africana. A pesar de mis emociones encontradas al respecto y a no entender su amor incondicional por África, continente que desconozco más allá de las fotos que mi padre me ha enseñado y las mil aventuras que siempre me ha contado.

Abro el viejo cuaderno y acaricio sus páginas amarillentas. Tantas veces lo he leído ya...

Isla, mi tesoro, mi vida entera, entre lágrimas empiezo este diario. Solo eres un bebé, la ilusión de mi vida y la de tu madre. Es algo extraño escribir al futuro, pues no me podrás leer hasta dentro de bastantes años. Si lees este diario, es porque, como me temo, algo malo ha pasado. Voy a intentar explicarme lo mejor que pueda.

Conocí a Ashia, tu madre, hace ahora diez años en mis prácticas como geólogo en la República Democrática del Congo. Recuerdo que estábamos analizando unos fósiles en medio de la selva cuando de pronto oímos unos disparos y acto seguido una manada de gorilas irrumpió a nuestro lado. Huían aterrorizados, gruñendo violentamente. Tuve tanto miedo que me quedé paralizado. Una cría sangraba y la que parecía su madre no paraba de sacudirla y de chillar; no entendí muy bien lo que pasaba hasta que el macho, un espalda plateada enorme, saltó sobre ellos e intentó quitarle la cría a la madre, como si quisiera arrebatársela y matarla para que dejara de sufrir. Mi equipo y yo estábamos muertos de miedo. Inmóviles y con la cabeza agachada, como nos explicaron que teníamos que quedarnos si nos cruzábamos con una manada de animales salvajes, pues un gorila puede matarte solo con cogerte entre sus brazos. Son enormes y tienen una fuerza desmesurada. Ojalá algún día tengas la suerte de ver alguno de cerca.

Mientras el grupo de gorilas se ponía cada vez más y más nervioso, oí un ruido a través de las hojas y pude ver a lo lejos a una chica que corría hacia nosotros, con una larga melena rubia alborotada, una camiseta blanca de tirantes llena de sangre y empapada en sudor. Sí, era tu madre. La gorila gritaba cada vez más fuerte intentando sacar a su bebé de las manos del enorme gorila. La imagen era realmente desgarradora y nosotros poco podíamos hacer. Pero Ashia aceleró su carrera y alcanzó al grupo de gorilas en dos zancadas. Se lanzó sobre el enorme macho con un salto por la espalda y le clavó un dardo tranquilizante en el cuello que hizo que soltara al bebé al instante y diera un grito y una sacudida colosal. Pero ella siguió agarrada a su cuello, por detrás, sin soltarlo para evitar que la hiriese. Me pareció que la chica había volado, del salto que había dado. Todo era como una visión. Iba sola, no parecía de ninguna tribu, era blanca. Yo no daba crédito. Solo la miraba anonadado, como si fuera un ángel que viniera a salvarnos. En un primer momento pensé que acababa de matar al gorila de una puñalada en el cuello porque cayó al suelo fulminado. Acto seguido, la mamá gorila tendió al bebé en los brazos de tu madre, como si la conociera, como si confiara en ella, como si fuera una más de la familia, y ella lo revisó y curó sus heridas sacando un pequeño botiquín que llevaba colgado a la cintura. Lo hizo con una dulzura y un cariño que pocas veces he visto a nadie desprender en toda mi vida. Oímos a un grupo de hombres que se acercaba gritando algo en un dialecto que no logré entender, pero comprendí que eran parte del equipo de aquella increíble chica que acababa de salvar al pequeño gorila y devolvérselo a su madre.

Entonces Ashia se acercó a nosotros con toda la desconfianza del mundo y alzó un arma apuntando a mi cabeza. Al ver sus ojos azules anegados en lágrimas, me quedé paralizado y sin habla. Mientras nos examinaba, desprendía odio por cada poro de su piel. Me preguntó a gritos y en nuestro idioma que quiénes éramos y qué hacíamos ahí. Yo no podía vocalizar nada inteligible, y notaba cómo la ira se apoderaba de su mirada cada vez con más fuerza. Acababa de enamorarme por primera vez en mi vida y estaba en *shock*. Aun teniendo a esa chica salvaje apuntándonos con un arma, el miedo se esfumó. Mi compañera geóloga le contó que estábamos analizando unos minerales del sustrato y unos fósiles, y Ashia bajó su arma, se secó las lágrimas, respiró, se disculpó y la rabia se desvaneció. Nos contó que había furtivos en la zona capturando crías de gorila y que corríamos peligro; nos podrían haber disparado esos salvajes o ser atacados por un gorila asustado.

La seguimos hasta su campamento y nos contó lo grave que era la situación de los gorilas en la zona. Yo no tenía ni idea, apenas llevaba dos semanas en África y ni siquiera me gustaba. Eran mis prácticas universitarias, de las que quería librarme cuanto antes para volver a Australia y encontrar un buen trabajo cerca de casa. Pero todo cambió al verla: sentí su pasión, su fuerza y su empatía con los gorilas y me enamoré simultáneamente y al instante de África y de ella.

Estuvimos en su campamento durante dos días más, hasta que Ashia y su equipo nos confirmaron que era seguro salir y volver al poblado. Esos dos días en medio de la selva me cambiaron la vida y aprendí mucho de África. Ojalá algún día pueda contártelo o mostrártelo.

Como podrás imaginar, ya no volví a Australia, me quedé junto a tu madre luchando contra los furtivos y ayudándola en su labor altruista de salvar a los animales salvajes del Congo. Ella era veterinaria y yo me convertí en su mano derecha. Me mostró un mundo que yo había sido incapaz de ver hasta entonces y, aunque siempre extrañé Australia y a mi familia, ella se convirtió en todo lo que necesitaba para vivir. Fue como encontrar aquello que siempre estuve esperando sin saberlo. Su gran sueño era crear un orfanato para gorilas huérfanos a los que poder reintroducir en la selva una vez estuvieran destetados y preparados para sobrevivir solos. Y por supuesto, acabar con los cazadores.

No sé qué edad tendrás cuando leas esto. Pero espero que puedas entender que cuando te enamoras de alguien, toda tu vida cobra sentido de inmediato. Como si no entendieras cómo has podido ser feliz antes sin saber que esa persona existía. Pasamos seis años intensos viviendo en la selva y trabajando mano a mano con los guardaparques del Parque Nacional de Virunga, el más antiguo y peligroso de África. Cientos de guardaparques han muerto a manos de los furtivos intentando proteger y salvar a los gorilas de montaña, que ya se consideran una especie en extinción. No quiero ni imaginar cómo estará la situación cuando tú seas mayor.

Al principio, tenía mucho miedo. Pero cada vez que dudaba o me asustaba, solo tenía que mirar a los ojos de tu madre, siempre tan fieros, para retomar fuerzas. Nunca he conocido a nadie con tanto amor y bondad hacia los demás como ella. Cuando nos enteramos de que estaba embarazada, se alegró tanto que lloró durante horas. Su sueño era criarte allí, en el poblado donde llevábamos un año viviendo, en medio de un auténtico paraíso y en pleno parque natural, donde soñaba construir su centro de rescate para crías huérfanas. Teníamos una bonita cabaña de cañas, paja y barro que parecía de cuento, cerca de unas cascadas. Éramos auténticos salvajes, vivíamos el momento; algunos días hasta nos olvidábamos de comer. Si había alguna urgencia o algún animal al que atender, eso era lo primero. Nos enfrentábamos a quien hiciera falta. Sin importar lo peligroso que fuera. Sí, estábamos locos. Yo vivía por y para ayudarla a ella en su misión. Me hubiera enfrentado a leones por ella. Hasta que me enteré de que tú ibas a venir al mundo. Algo se activó en mi interior, un temor, miedo. Miedo de que pudiera ocurrirle algo. La conocía bien, sabía que, aunque estuviera en estado, sería capaz de enfrentarse a un furtivo, saltar un barranco o atravesar un fuego para salvar a un animal. Por ello le pedí que, por favor, viajáramos a Australia para tenerte aquí, cerca de mi familia, que nos ayudaría. En un primer momento, tu madre se negó. Era tan testaruda... Estuvimos casi un mes sin hablarnos, hasta que al final cedió debido a mi insistencia y amenazas. Ella había nacido en Sudáfrica, pero no le quedaba familia allí puesto que todos murieron en el ataque de una guerrilla que entró en su poblado y lo arrasó, violando y matando a las mujeres. Ella se salvó, pero quedó huérfana y tuvo que buscarse la vida con solo catorce años. Más adelante te escribiré su historia.

Siempre supe que eso fue lo que le dio esa fuerza tan bestial para salvar el mundo. Recuerdo el día que dejamos nuestra cabaña en la selva para dirigirnos al aeropuerto. Ella no podía parar de llorar. Ya estaba de cinco meses, fui incapaz de convencerla de que era la opción más razonable antes de venirnos. Lloraba como nunca la había visto llorar y me dijo que era lo más difícil que iba a hacer en su vida y que, tras tu nacimiento, volveríamos a África para criarte allí. Asentí, pero estaba mintiendo. Yo no quería volver. Solo quería lo mejor para ti y ahora me doy cuenta de que debería haber sido sincero con ella.

Nada más llegar a Australia, ella empezó a ser otra: estaba apática, triste y nerviosa todo el tiempo. Pero feliz de traerte al mundo. Cuando naciste, vi ese brillo tan característico de sus ojos por primera vez en cuatro meses y tuve la esperanza de que cambiara de opinión. Durante tu primera semana de vida, ella estuvo absorta: tú lo eras todo. Pensé que, solo por tu bien, por fin iba a cambiar de idea, pero desafortunadamente no fue así. Aguantó un par de meses sin decirme nada, sé que lo hacía por mí, pero al tercer mes me preguntó que cuándo íbamos a regresar. Le dije que dentro de un tiempo y así logré aplazarlo cinco meses más.

Como comprenderás, un año lejos de su tierra era demasiado para ella y no pudo aguantar más sin preguntarme de nuevo cuánto faltaba para que organizáramos el regreso a África. Le fui sincero. Acababa de encontrar un trabajo en una buena multinacional de estudios sísmicos mientras ella pasaba el día en casa cuidando de ti. Lo eras todo para ella; no quiero que creas que no eras suficiente o que ella anhelaba más volver a África que estar contigo. Su mayor deseo era criarte a ti allí, como ella creció, libre y en plena naturaleza. «Steve, ya tiene casi un año y aún no ha pisado la tierra húmeda de la selva.» El día que pronunció esa frase me mató.

Cuando le conté que no quería volver y que era mejor que nos quedáramos en Australia hasta que fueras más mayor, ella se hundió. Se sintió atrapada y engañada. Así me lo hizo saber y empezó a consumirse. Justo coincidió con una invasión de cazadores en la zona de Virunga y su impotencia ante tal situación agravó mucho más su estado de ánimo. Ya no era ella, ya no era esa chica que conocí, solo le hacías feliz tú. A mí me veía como su secuestrador, y tras dos semanas muy duras, me dijo que se volvía a África contigo, que podía quedarme si quería. Me lo tomé muy mal y me negué. Discutimos y discutimos durante días, incluso la amenacé con pedir tu custodia. Se me fue la cabeza, tenía miedo, quería protegeros a ti, a ella, a mí mismo. Y me gustaba mi trabajo, nuestra casa en la playa y mi familia cerca.

Una mañana recibió una llamada de un compañero nuestro de África pidiendo ayuda para atender al grupo de gorilas herido por varios cazadores. No pude hacer nada. Me dijo que tenía que ir y la obligué a que te dejara conmigo. Era peligroso y ella era una insensata. Eso creí en ese momento. Me arrepiento tanto... Le arrebaté las dos cosas que ella más amaba. Su hogar y a ti. Llegó el día de su partida y yo seguía sin entenderla. Te cogí en brazos y le dije que llamara a un taxi. No quise ni llevarla al aeropuerto. Fui un imbécil. Tenía los billetes de vuelta para dentro de tres semanas. No creo que lo recuerdes, pero se abrazó tan fuerte a ti que creía que no se iba. Sé que me odió por no dejarle que te llevara con ella.

Se fue y la última noticia que tuve de ella fue un día antes de su desaparición. Me mandó un *e-mail* contándome que se habían producido varios ataques por parte de los rebeldes y que la zona era peligrosa. Ya te contaré quiénes son. Pero para que lo entiendas, son guerrilleros que atacan por sus propios intereses políticos, culturales y sociales, matando y arrasándolo todo. Tu madre y sus compañeros iban con tiendas de campaña por la selva atendiendo heridos, humanos y animales. Sus últimas palabras, escritas en ese correo, fueron: «Menos mal que Isla está a salvo. Dile cuánto la amo y que todo lo que hago es para dejarle un mundo un poco mejor en el que vivir». Me sonó a despedida pero no le di importancia, estaba molesto y enfurecido. Fue la última vez que tuve noticias de ella. Los siguientes dos días no escribió, pero yo sabía que no había conexión cuando hacíamos travesías

23

por la selva, así que tampoco me alarmé. Pero al quinto día ya sabía que algo había ocurrido.

Ella tenía que regresar en dos días y era extraño no tener noticias suyas aún. Llamé a la embajada para preguntar y todo lo que supieron decirme era que se trataba de una zona en conflicto y que por el momento no podían intervenir para hacer ninguna averiguación. Recuerdo esa llamada telefónica como si fuera ayer. Mi mente se paralizó y entré en *shock*. Tenía que encontrarla; podía estar herida, perdida o en manos de los rebeldes. La semana más larga de toda mi existencia hasta que me llamaron de la embajada y me dijeron que había desaparecido un grupo de turistas por la misma zona e iban a hacer una búsqueda exhaustiva en cuanto pudieran controlar a los rebeldes. Sentí tanta ira... Tu madre era africana, no importaba para las autoridades, pero los turistas sí. Fuera como fuera, sabía que no iban a hacer mucho, así que decidí ir yo mismo a por ella. Le pedí a mi hermano Kyle que se quedara contigo, que volvería pronto con tu madre, y por supuesto, aceptaron a pesar del miedo que les daba la situación de África, desconocida para ellos. Tú y Narel os llevabais genial y la tía Anne te adoraba.

Lo siento, lamento tanto que todo fuera así... Siento haberme tenido que ir, lo siento todo. Te escribo dos años después de mi partida porque sé que si no lo hago ahora, no lo haré. Imagino que ya sabes que dieron por muerta a tu madre a los tres meses de su desaparición, pues encontraron a un grupo de turistas y a otras personas calcinadas en la selva, quemadas, así que no pudieron identificarlas por falta de recursos. Pasé diez meses de búsqueda por la selva tras su rastro sin encontrar nada, ni una pista. Nadie sabía de ella. La última vez que la vieron estaba atendiendo a una familia en un poblado donde entraron los rebeldes y ya nadie supo nada más. Como si la tierra se la hubiera tragado. No pude hacer nada. África es inconmensurable, tan inmensa que resulta

24

inabarcable para una búsqueda así. Me siento y me sentiré culpable cada día de mi vida por no haberme ido con ella, por cada una de las decisiones que tomé. Mi único consuelo es saber que te mantuve a salvo. Que estás viva y que no te ha faltado de nada. Bueno, nosotros. Pero no pude. No pude volver. La muerte de tu madre no podía ser en vano. Intenté regresar, pero no tenía fuerzas. Tus tíos me dijeron que me quedara el tiempo que fuera necesario. Necesitaba despedirme de ella, de la tierra que ella me enseñó a amar, de sus ríos, cascadas y enormes árboles.

Pasaban los días y te necesitaba, necesitaba estar contigo, pero algo me lo impedía. Entré en un bucle depresivo del que no podía salir. Tú eras mi único motivo para querer seguir viviendo, pero en el estado de depresión en que me encontraba, no hubiera sido un buen padre, no podía ni conmigo mismo. Me pasé un año ayudando a un grupo de voluntarios a reconstruir los poblados atacados y poco a poco me rehíce y pude volver. Al verte de nuevo, ya tenías tres años y me sorprendió el modo en que me reconociste. Tus tíos lo han hecho siempre tan bien... Nunca dejaron de hablarte de mí y de tu madre, de enseñarte fotos nuestras. Estabas tan grande, tan guapa, apenas te reconocía. Pero eras la viva imagen de ella.

Me había pasado tres años trabajando sin apenas dormir para no pensar. Y ahí estabas. Perfecta, frágil, preciosa, y con su mirada. Me diste miedo. Quería alejarte de todo lo que ella fue por miedo a perderte. Me puse en tratamiento porque sufría ataques de pánico, y Kyle y Anne me dijeron que ellos podían hacerse cargo de ti. Yo no tenía fuerzas y me fui de nuevo. Con el tiempo, les cedí tu custodia y rehíce mi vida en África. Seguí el legado de tu madre y fundé un orfanato de gorilas bebés rescatados. Me he convertido en ella, en sus sueños, en su ideología.

Por favor, Isla, perdóname. No he sabido hacerlo mejor,

esto no es lo que planeé. La vida a veces te cambia los planes y lo único que puedes hacer es adaptarte. Te prometo que nunca te faltará de nada y ojalá algún día quieras venir a visitarme o a vivir conmigo, ya estoy preparado. Aunque me asusta que vengas; este no es un sitio seguro. Lo que de verdad quiero es que sigas a salvo. Es todo muy confuso y contradictorio. Pero quiero que conozcas este precioso lugar, la tierra donde tu madre nació, tus raíces y, ahora, mi hogar. Siempre serás nuestra pequeña Isla del Tesoro. Mía y de mamá, así te solíamos llamar y por eso te pusimos de nombre Isla. Sé que, esté donde esté, se sentirá orgullosa de ti. Y quizá me odiará por lo que he hecho. Porque ella no quería esto para ti, pero te he mantenido a salvo y con eso me basta.

Te amo y siempre lo haré.

Con lágrimas en los ojos repaso las palabras de mi padre y recuerdo la primera vez que leí el diario. Tenía dieciséis años y una bonita vida en Australia junto a mis tíos, a los que siempre me refiero como «mis papás», y a Narel. No recuerdo otra vida que no sea esta. Y sé tan poco de mi madre aún a día de hoy... Cuando tenía cuatro años, Steven empezó a hacerme una visita anual y para mí se convirtió en «mi papá de África». Pero nada más. Sabía que era mi padre biológico, porque nunca me ocultaron la verdad, pero mi hogar estaba en Australia. A los dieciséis, mi visión de mis padres biológicos cambió al leer el diario. Yo ya sabía la historia, pero él nunca me había explicado sus sentimientos. En una de sus visitas a Australia, cuando yo tenía doce años, me preguntó si quería irme con él a África una temporada, pero mi pánico a viajar ya empezaba a aflorar y me negué.

Mi padre me ha visitado cada verano desde que tenía cuatro años y nuestra relación se ha hecho cada vez más fuerte, aunque solo pasamos juntos un mes al año. Me ha enseñado mucho sobre África, sus costumbres, los animales que habitan la selva, sus gorilas rescatados...

A pesar de que no puedo quejarme de la vida que he llevado, pues ha sido bastante feliz, este último año ha sido muy extraño. Tras acabar la carrera de Botánica y Medio Ambiente, he sentido por primera vez la necesidad de conocer mis raíces, la tierra que me engendró, de acercarme más a mi padre y a mi desconocida madre, a la que sin darme cuenta cada vez le guardo menos rencor.

La vocecita de Sam me destierra de mis pensamientos:

—Tía Isla, ¡hemos llegado!

Conecto de nuevo con la realidad y me doy cuenta de que nuestro coche ya está frente a la puerta del área de salidas del aeropuerto.

—Ay, perdonad, estoy un poco aturdida.

—Nada, hermanita, verás que en nada y menos estás en África —me dice Narel mientras sale y abre el maletero para sacar mi equipaje.

Sam y Aurora, de la mano, me miran sonriendo; son conscientes de mi miedo a volar y de que es la primera vez que viajo fuera de nuestro país. La mezcla de sensaciones que me recorre el cuerpo ahora mismo es inexplicable. Ya en el aeropuerto por fin. No me lo creo.

—Gracias a los tres. Os echaré muchísimo de menos. —Abrazo a Aurora, a Narel y a la pequeña Sam a la vez.

—Aprovecha el tiempo perdido. No hay nada como descubrir tus raíces. Será increíble, Isla, te echaré de menos —me confiesa Aurora emocionada.

Sam se lanza a mis brazos y me besa con fuerza.

—Te quiero, enanita. Pórtate bien con los papis, ¿vale?

Me doy cuenta de que es la primera vez que me refiero a Narel y Aurora como «papis». Sam también lo nota y le lanza una mirada fugaz a Aurora, en busca de su aprobación, y ella la abraza con fuerza mientras me dicen adiós sacudiendo las manos con energía. Narel me da un último achuchón y me susurra un «Te quiero, ten cuidado». Empiezo a andar sin mirar atrás. Sé que va a ser un viaje duro y largo. Pero estoy preparada. Toda una vida imaginando cómo sería la mía si mi padre no hubiera decidido que naciera en Australia, y ahora lo voy a comprobar.

2

Sujeto el pasaporte y los billetes con tanta fuerza que creo que los voy a romper. «Última llamada para el vuelo 6754 con destino a Dubái.» ¡Maldita sea!, ¿cómo es posible que sea el mío? ¿Cómo puede haber tantas puertas de embarque, tanta gente y tantos carteles luminosos. Es mi primera vez en un aeropuerto y me siento estúpida. Veintiséis años y soy incapaz de coger un avión. «Genial, Isla.» Desde luego, el nombre que me pusieron me va que ni pintado. Isla. Aislada. Sola. Ya me estoy poniendo nerviosa otra vez. Trato de respirar con tranquilidad y saco el trozo de bizcocho de arándanos y canela que preparamos anoche. Nada como un buen dulce para calmarme. Por suerte, ya he facturado la maleta y voy ligera. Mordisqueo el bizcocho con impaciencia mientras corro hacia la puerta de embarque. Espero no equivocarme y acabar en la otra punta de la terminal. Sería el colmo. Veo a lo lejos, en grande, una pantalla anunciando mi vuelo.

«Dubái: Última llamada.» Menos mal. Me pongo en la fila e intento recuperar mi ritmo cardíaco y respiratorio. Lo logro y acabo de saborear mi desayuno.

Ya sentada en el asiento del avión, saco la libreta con la ruta del viaje que me mandó mi padre hace un par de semanas. Aparentemente sencilla, pero para mí, una aventura. Primero, un vuelo de Brisbane a Dubái, luego de Dubái otro hasta Uganda. Menos mal que la escala es de tres horas y media; no tendría que haber problema. En total, veintiséis horas de viaje. Releo el *planning* y me río por no llorar. Una vez llegue a Kasese, una ciudad ugandesa muy cerca del Parque Nacional de Virunga, tengo que dirigirme a una zona de avionetas privadas donde cogeré un helicóptero que me llevará cerca del poblado de mi padre, al cual solo se puede acceder por el aire, andando dos días por la selva o remando por un río repleto de cocodrilos. No sé cuál de las tres opciones me parece más terrible. Sin duda, caminar por la selva queda descartada. Remar entre cocodrilos era algo más tentador, pero Steve me aconsejó el helicóptero; dice que es la más segura. El avión empieza a despegar y me aferro al cinturón de seguridad como si estuviera montando en una montaña rusa.

30   Busco entre las hojas del diario y encuentro una fotografía de mi madre. La observo detenidamente; la foto está muy bien conservada. Era guapa, lo curioso es que me parece la de alguien que haya visto a menudo. Su cara, su pelo largo y rubio, su mirada... Era demasiado pequeña para acordarme. Debe de ser de las veces que he mirado esta foto. Durante toda mi infancia la tuve puesta en un marco en la mesita de noche. Aunque en mi época adolescente la escondí. Pasé por una faceta de rabia y negación que, por suerte, duró poco. Observo detalles de la foto en los que nunca había reparado. Sonríe, mucho. Dos bebés gorilas la abrazan, uno por detrás, a la altura de sus hombros, y el otro sentado en su regazo. Ella sentada en el suelo, un suelo verde lleno de vegetación en medio de la selva. Se intuyen unas cabañas a lo lejos. Va vestida con ropa de montaña y lleva el pelo enredado en una coleta mal hecha que está a punto de deshacerse. Según mi padre, tenía veintitrés años cuando le hizo esta foto. Tres menos que yo ahora mismo.

Trato de descifrar mis sentimientos hacia ella en esta etapa de mi vida. Ya no hay ira, ni rabia ni reproches. Solo curiosidad y melancolía. ¿Cómo debió sentirse al tenerme, lejos de su hogar, asfixiada y apartada de su gran pasión, los animales? Una punzada de pena y culpa me atraviesa a la altura de las costillas. Fue mi culpa. Por mí tuvo que renunciar a su vida. Y al intentar retomarla, murió. ¿Cómo sería nuestra relación si hubiera podido crecer a su lado? ¿Hubiera sido diferente mi vida? Sí, sin duda, sí. Mil preguntas más resuenan en mi cabeza e intento no darle vueltas. Estoy nerviosa y cansada; tendría que haber dormido más anoche. Este es mi año sabático tras acabar el posgrado. Necesito encontrar mi camino en el mundo y solucionar cosas de mi pasado que siento que no me dejan avanzar.

Cierro la libreta y pienso en mi exnovia Bee. Hace un año que acabó nuestra relación y no la he echado de menos ni un solo día. ¿Seré una mujer de hielo, sin sentimientos, como me dijo el día que la dejé? La verdad es que era una tía genial y preciosa pero no sé qué me pasa con las relaciones que no consigo enamorarme. Bee ha sido mi primera pareja homosexual, aunque a día de hoy siento que fue más mi mejor amiga que otra cosa. El sexo estaba bien, me excitaba que fuera una mujer la que controlara mi placer, pero nunca fue algo espiritual, algo místico que te eleva y te hace sentir en casa. Como tantas veces me ha explicado que siente Aurora con mi hermano. Antes de Bee, salí dos años con Max, que era un cabrón y me hizo odiar al género masculino durante dos años más.

La verdad es que nunca me ha gustado etiquetar las cosas, quizás cansada de hacerlo con las especies del mundo vegetal, así que tampoco me gusta pensar que soy gay o lesbiana o hetero. Soy yo y mis circunstancias, como dijo alguien célebre una vez. Cuando conocí a Bee nunca antes me había fijado en una mujer, pero ella era diferente, conectamos muy deprisa y me fue atrapando hasta que no pude salir. Estuvo bien. Aprendí mucho. Ella siempre me decía que necesitaba encontrarme a mí misma, que era incapaz de tener una relación normal porque no me conocía ni a mí misma. Tenía razón. Tengo que enfocar mi vida. Siempre que Narel y Au, como me gusta llamarla, me cuentan el flechazo de su amor, me muero de envidia, pero nunca he sentido nada igual. Ese cosquilleo en el estómago, ese saber que es él o ella. Qué bonito debe de ser.

Me siento cansada y algo abrumada. Recuerdo que Steve prometió esperarme en el helipuerto una vez aterrizara en su poblado para llevarme en *jeep* hasta el orfanato. Miro por la ventana y un cielo gris y nublado me corresponde. Todo es nuevo y me parece incluso bonito. Cierro los ojos y trato de dormir un poco.

3

«*B*ienvenidos a Kasese.»

Me desperezo en mi asiento; me duele todo el cuerpo y estoy agotada de tantas horas de vuelo. Son las diez de la mañana, hora local. Tomo aire, miro por la ventanilla del avión y todo me parece un mundo nuevo. El aeropuerto no tiene nada que ver con el de Dubái o el de Brisbane, es antiguo y las casetas tienen el tejado de caña. Aunque me sorprende no ver selva alrededor. Ahora entiendo por qué lo del helicóptero. El orfanato de mi padre debe de estar muy lejos. De hecho no está ni en este país. Ahora he de volar hacia el Congo.

Me cuesta creer que ya esté aquí, que en poquitas horas vaya a encontrarme con él y pueda conocer de primera mano todos los animales de su fundación que desde pequeña conozco por fotos y vídeos. Ahora que ya he superado la peor parte, el largo vuelo, me siento un poco más animada. Cojo mi bolso del compartimento superior de mi asiento y me dispongo a bajar del avión y buscar al señor del helicóptero.

Nada más pisar el continente africano, una ola de calor me deja el cuerpo ligeramente empapado. Como si el aire estuviera compuesto de un elemento diferente al habitual. Siento la ropa pegada a la piel. Hace calor y la atmósfera está tan cargada de humedad que parece que el aire sea denso.

Los trabajadores nos sonríen con gran amabilidad y me pregunto si a mi madre también la caracterizaba esta hospitalidad tan típica de los africanos.

Recojo mis maletas, que salen de las primeras, y empiezo a dar vueltas por la zona donde los familiares esperan a que lleguen los suyos. Imagino que estará el piloto con un papelito con mi nombre o algún distintivo. Ahora que recuerdo, no hablé de ese detalle con mi padre. Mal hecho, sabía que me quedaban cabos sueltos. Con lo que me gusta a mí tenerlo todo planificado.

Trato de llamar a Steve pero, como suponía, está sin cobertura. Tras diez minutos dando vueltas por el pequeño aeropuerto de Kasese y no encontrar al señor Mamadou (mi padre me apuntó su nombre en la guía para que pudiera preguntar), empiezo a pensar que quizá no entendí bien y el helicóptero esté fuera del aeropuerto. Echo otro vistazo a mi alrededor, esta vez prestando más atención. De fondo suena una música típica africana muy alegre. El calor es palpable incluso dentro de las instalaciones del aeropuerto, abarrotadas de grandes ventiladores. Me recuerda a las películas de safaris, los tambores sonando por el hilo musical, los paneles de publicidad mostrando animales, los demás pasajeros con ropas típicas africanas, turbantes, colores y un olor indescriptible. Una mezcla de olor a comida y humedad no precisamente desagradable pero nueva para mí.

Localizo la caseta de información y pregunto por los vuelos no comerciales. Efectivamente están localizados en los cobertizos anexos al edificio principal. Le cuento que me dirijo en helicóptero al parque de Virunga y la amable chica con mucha dificultad me indica en mi idioma hacia dónde debo ir.

Después de andar quince minutos arrastrando mi gran maleta, mi equipaje de mano y el cansancio del viaje, entro en la zona donde están las avionetas privadas e intento localizar a alguien. Veo un par de helicópteros a lo lejos y decido acercarme a ver si encuentro a quien me pueda orientar. Ni rastro de nadie. Cargada como nunca en mi vida, con la maleta, dos bolsas de mano y una pamela de paja, empiezo a sentirme ridícula, frágil e indefensa. Sola en este gran continente. Tantos países diferentes, tantos dialectos, culturas… Y yo sin tener ni idea de adónde debo ir. Inevitablemente vuelven a aflorar los nervios, pero esta vez empiezo a ponerme de mal humor. Sé que es una aventura y debería intentar disfrutarla, pero tengo miedo y empiezo a dudar de que haya sido buena idea.

Dejo las maletas al lado de los helicópteros y avanzo un poco hasta que veo a un grupo de cuatro hombres hablando en torno a otro que parece estar atareado arreglando algo de una avioneta.

—¡Hola! ¿Alguien habla mi idioma? ¿El señor Mamadou, por favor? —les pido pronunciando sílaba a sílaba.

Me miran como si nunca hubieran visto a una mujer blanca y empiezan a murmurar algo en su lengua. El de más edad, con apariencia algo ruda, saca un papel doblado de su bolsillo, se pone unas gafas, las más sucias que he visto en mi vida, y consulta lo que parece una lista. Debe de rondar los sesenta años. Sus tres compañeros, algo más jóvenes, me miran de arriba abajo; parece que mi vestimenta no es la que suelen ver por esta zona. Llevo una camiseta básica gris con un poco de escote, un chaleco marrón de imitación a ante y unos tejanos. Susurran algo más y uno grita:

—¡Sirhan!

Me pilla desprevenida el volumen de su voz y doy un brinco. «Qué bruto. Dios mío, que no sea él, por favor. ¿En serio tengo que volar con uno de estos señores que no hablan inglés?»

El que está arreglando la avioneta saca la cabeza y vocaliza algo que no logro entender. Veo cómo me señalan los otros y el chico se limpia las manos en la camiseta blanca de tirantes llena de grasa de motor y me sonríe.

—No, no. —Trato de hacerme entender—. ¡Ma-ma-do-u! —grito y silabeo como una idiota para que me entiendan.

—Si-rhan —vuelve a decir el hombre mayor imitándome y haciéndome quedar en ridículo.

Todos se echan a reír y me entran ganas de llorar.

—Tranquila. Soy Sirhan, hablo inglés. Te diriges a Virunga, ¿verdad? —dice el más joven limpiándose las manos y el sudor con una toalla vieja y sucia.

Su perfecta pronunciación me deja algo descolocada.

—Sí, soy Isla.

—Yo seré el piloto. ¿Vamos?

Dudo y desconfío por un momento; trato de explicarme:

—No, disculpe, busco a Mamadou.

—Sí, es mi tío; hoy no ha podido venir, está mayor y no se encuentra bien.

—Menos mal que habla mi idioma.

—Sí, menos mal, porque usted no parece hablar muy bien el mío. —Me sonríe muy ligeramente.

Le dedico una sonrisa mezclada de nervios y tranquilidad por, al menos, poder comunicarme con él.

¿Se supone que debo confiar en un desconocido que ni siquiera es el que mi padre me dijo? No tengo ni idea. Lo miro de arriba abajo y siento que ni loca me subiría a un helicóptero con él. Es joven, no debe tener más de treinta y cinco años, africano sin duda, aunque el tono de su piel es bastante más claro que el de los demás. Viste una camiseta totalmente ajustada a su cuerpo notablemente musculado y unos tejanos cortos viejos y manchados, chanclas y una riñonera a la que ya le toca renovación.

Como quiera secuestrarme o hacerme algo, no tengo nada que hacer, se ve fuerte, seguro de sí mismo y enérgico. Resulta serio y educado. Me fijo un momento en su rostro, y tampoco sus rasgos son como los de sus compañeros. Parecen más suaves.

—Tengo ahí el equipaje —logro pronunciar tras mi análisis.

—Bien, vamos pues.

—Menos mal que habla mi idioma —repito sin darme cuenta tratando de romper el hielo, pues no me siento nada cómoda.

—Sí, ya lo ha dicho... —bromea

—Disculpa, estoy algo nerviosa.

—¿Su primera vez en África?

—La primera vez que viajo en mi vida.

—Pues ha venido a un sitio un tanto atrevido.

—Sí, lo sé...

Empieza a subir mi equipaje.

—¿De dónde es usted?

—No hace falta que me llames de usted, por favor... Australiana, pero mi madre era sudafricana.

Abre los ojos como platos.

—¡Quién lo diría!

—¿Cómo? —Me molesta su sarcasmo.

—Señorita, que no tienes ni una gota de sangre africana corriendo por tus venas —me suelta riéndose. «¡Será gilipollas!»

—¿Y usted qué sabe?

—¿Volvemos a hablarnos de usted? —me contesta y le miro incrédula. ¡Qué se ha creído!

—¿Me estás vacilando? —«Qué situación tan extraña.»

—Vaci... ¿qué?

—Nada... Que no te rías de mí.

—No lo he hecho, señorita.

—Llámame Isla.

—Menudo nombre raro… —me dice con una sonrisa que impide que me lo tome a mal—. Encantado, ¿preparada?

—No…

—Tranquila, es solo una hora y media de vuelo. Lo que no entiendo es cómo vas a andar por la selva con estos zapatos y tantas maletas.

Miro mis manoletinas y dudo.

—¿Cómo que andar por la selva? —pregunto mientras se saca la camiseta sin pudor y se la cambia por una limpia que es exactamente igual.

Este hombre exhala testosterona por todos los poros de su piel. No puedo evitar que se me escape la mirada hacia su definido abdomen.

—Pues que el campamento de Steven está en medio de la selva, ¿no lo sabías?

Vuelvo a mirarlo a los ojos.

—Sí, sí sé dónde está el campamento de mi padre, pero hemos quedado en que vendría con un *jeep*.

—¿Steve es tu padre? —Me mira con expresión incrédula.

—Sí.

—Aterrizaremos en una pista a la que se puede acceder en *jeep*. Imagino que ahí te esperará Steven, pero tras treinta kilómetros de *jeep* ya hay que seguir a pie, no es mucho, solo veinte minutos más o menos, pero… No sé. Bueno, tranquila, que te estoy asustando.

—Ya estoy asustada desde hace rato —digo mientras me abrocho el cinturón de seguridad ya sentada en el helicóptero a su lado.

—No tengas miedo, es un vuelo tranquilo y hoy el tiempo está perfecto. En un abrir y cerrar de ojos estaremos en el Congo.

—Eso espero…

Veo mi imagen reflejada en el cristal delantero, me quito la pamela y recojo mi pelo rubio en un moño alto mal hecho. El helicóptero empieza a mover sus aspas con fuerza. Sus compañeros nos saludan con la mano y Sirhan les dice adiós con un leve movimiento de cabeza. Se pone unas gafas Ray-Ban típicas de aviador, de color dorado con unos cristales marrones claritos. Miro hacia delante y a lo lejos: tras lo que parece una ciudad no muy desarrollada, puedo intuir una vegetación espesa característica de la selva.

—Allá vamos —me dice concentrado, y por primera vez me parece sexi.

Nos elevamos sin apenas darme cuenta y empezamos a volar hacia el espeso bosque, ahora sí lo puedo apreciar. El aeropuerto queda atrás en escasos minutos y nos adentramos a sobrevolar la selva. Sirhan no dice nada, y yo prefiero no distraerlo. Estira el brazo y enciende una radio; empieza a sonar música africana, tambores, voces cantando algo que parece un llamamiento a los dioses, o no sé, pero es relajante a la vez que intenso. Me dejo llevar por la música y vuelvo a sentirme como en un safari.

Miro por la ventanilla y saco el móvil para hacer un par de fotos. Todo a mis pies se ve inmenso y precioso, el día es soleado, son apenas las once de la mañana y al ver que el vuelo transcurre con normalidad, empiezo a relajarme, incluso a disfrutar. Las vistas son un auténtico regalo para los sentidos y me pregunto qué sentía mi madre al sobrevolar su amada selva africana. Miro a Sirhan de reojo y me pregunto si será realmente congoleño o quizá mestizo, como yo.

—¿Tienes miedo? —Me sorprende mirándolo.

—No, ahora estoy mucho mejor.

—Me alegro.

A pesar de su amabilidad, aparenta una mezcla de dureza y agresividad que me desconcierta.

—¿Eres del Congo?

—Sí, mi padre es congoleño, pero mi madre era inglesa.

—Ah, por eso tus rasgos y la piel más clara... —digo como si hubiera acertado—. Es grandioso. —Y señalo la espesa vegetación.

—Se siente más grandioso desde abajo.

—No sé si podría...

—Pues no sé dónde te crees que vas a hospedarte, pero te aseguro que no es precisamente un hotel.

—Pfff... —resoplo algo preocupada.

—Tranquila, mientras no te alejes del campamento o de alguno de nosotros, estarás a salvo.

—Si tú lo dices...

La siguiente media hora pasa lenta, en silencio, con ese ritmo embaucador sonando por la radio y esos tambores que me hipnotizan. Disfruto como nunca antes del privilegio de sobrevolar el río Congo, el más profundo del mundo. Unos fuertes pitidos captan mi atención y la de Sirhan, que mira hacia la radio-radar extrañado.

—¿Va todo bien? —pregunto algo asustada.

—No lo sé, espera.

Se pone los cascos rápidamente y enciende la radio. Pronuncia algo en un dialecto africano que no logro entender. No sé qué le deben responder, pero empieza a hablar cada vez más alto a quien lo atiende al otro lado. Me quedo muda mientras veo cómo le cambia la cara.

—¿Qué pasa? —logro pronunciar al fin.

Apenas me da tiempo a acabar la frase, el pitido intermitente suena cada vez más rápido y fuerte hasta convertirse en continuo y agudo. Sirhan se gira de golpe para mirar hacia su izquierda y un impacto ensordecedor nos sacude. Grito. No entiendo nada. Me golpeo la cabeza contra el cristal. Flash blanco ante mis ojos, vuelvo en mí. Todo pasa a toda velocidad. Descubro que tengo sangre en el regazo y trato de tocarme la cabeza mientras el helicóptero sigue sacudiéndose. Veo una avioneta caer en picado y mi mano llena de sangre. Sirhan me coge de la otra mano para que me ponga en mi sitio de nuevo. Soy incapaz de pronunciar palabra. Trata como puede de equilibrar el helicóptero, el cristal de su ventanilla se ha hecho añicos, tiene la cara llena de sangre por el impacto y los cristales. Noto cómo empezamos a caer.

—¡Vamos a estrellarnos contra el suelo! ¡Necesito que hagas lo que te digo! —Alza la voz tratando de hacerse oír por encima del horrible ruido del viento.

—¿Qué? —Empiezo a llorar aterrorizada—. ¡No no no no noooo!

—¡Isla! Si no me haces caso, vas a morir. Voy a intentar que impactemos en el agua. ¡Mírame!

No puedo, el estómago se me encoge. Náuseas. Ganas de vomitar. Lágrimas. Grito. Sirhan me sacude del brazo y me agarra la cara con su mano; me fuerza a mirarlo y me hace daño. Caída libre.

—¡HAZ LO QUE TE DIGO! —grita para que lo oiga. Empiezan a pitarme los oídos—. Agáchate sobre tus rodillas y tápate la cabeza con las manos.

—¡No puedo, no puedo, no puedo! —grito histérica, presa del pánico.

El aparato sigue cayendo.

Me da un empujón con tanta fuerza que me hace agacharme de golpe y con su cuerpo se apoya en mi espalda y me cubre la cabeza con sus manos.

—¡NECESITO QUE CUBRAS TU CABEZA CON LAS MANOS!

No puedo hacerlo yo. Si lo hago, moriré en el impacto y no querrás estar ahí abajo sola.

Obedezco sin pensar. Él también se tapa la cabeza con las manos.

Impacto. Todo se vuelve negro.

No veo nada, no puedo respirar, no puedo moverme, estoy paralizada, sangrando y aturdida. Tras tres segundos eternos en un estado de ingravidez me doy cuenta de que estamos bajo el agua. Sirhan tira de mí para que me mueva, pero no puedo. Pierdo el conocimiento.

Noto un sabor metálico en la boca y una fuerte luz en la cara, frío… Recobro el sentido y veo a Sirhan tirar de mi cuerpo hacia la orilla del río. Estoy helada y empiezo a chillar.

—Isla, tienes que nadar. Es peligroso, estás perdiendo mucha sangre.

—Tú también… —es todo lo que logro pronunciar.

—Isla, ¡nada! —me grita señalando unos cocodrilos a escasos metros.

La adrenalina se apodera de mi cuerpo y nado tan rápido que no parezco yo misma. Llego a la orilla temblando y estallo a llorar, aún sin ser consciente de nada.

Empieza a gritar algo en su dialecto. Se le ve muy enfurecido. Me quedo paralizada de nuevo, llorando, temblando y con un dolor de cabeza que no creo poder soportar.

—¿Qué pasa? —pregunto y miro a mi alrededor.

Detrás de mí, la espesa selva se alza profunda. Frente a mí, los cocodrilos que se alejan hacia los restos del helicóptero siguiendo el rastro de sangre que hemos dejado.

—¡Voy a matarlos, lo juro! —grita con violencia—. Los furtivos, se creen dioses. No tienen suficiente con destruir la selva.

—No entiendo…

—Estás sangrando. —Se acerca y me quita el chaleco que llevo para limpiarme la sangre—. ¿Te encuentras bien?

—No, mareada. —Vuelven las lágrimas y la falta de aire.

—Escúchame, saldremos de esta. Conozco esta selva casi como la palma de mi mano. Pero necesito que te mantengas entera.

—No voy a poder. Me duele la pierna. Y tu brazo…

—Me tapo la boca con las manos al descubrir un hierro clavado por encima del codo.

—No es nada.

—¿No es nada? —pregunto asustada—. Vas a desangrarte. —Le paso mi chaleco.

—Antes tienes que quitarme el hierro.

—¿Yo? ¡Nooo!

—Por favor. No tengas miedo. Solo tira del hierro sin torcerlo.

—No voy a poder…

—¡QUÍTAME EL MALDITO HIERRO! —vuelve a gritar violentamente y me asusta.

Agarro con las dos manos el hierro. Sirhan muerde mi chaleco y empiezo a tirar de él despacio.

—¡RÁPIDO, POR DIOS! —Gruñe de dolor y pego un tirón más decidido—. ¡AAAGGG!

Una vez que el hierro está fuera de su carne, se sienta, parece mareado, y se hace un torniquete con mi chaleco.

—Voy a estar bien. Tu pierna, ¿puedes moverla?

—Sí, creo que solo ha sido un golpe.

—Déjame ver. Quítate los pantalones.

—¿Qué?

—¿Qué te pasa, mujer?

—No pienso desnudarme.

—¿Crees que si quisiera aprovecharme de ti no lo hubiera hecho antes? Quítate los pantalones.

Me callo de golpe y a duras penas me levanto y me bajo los pantalones, manchados de sangre. Sirhan se acerca y me ayuda a mantenerme en pie.

—Te has dado un buen golpe. Te saldrá un morado pero no parece que tengas ninguna fractura. Necesito que andes un poco, por favor.

Camino y me siento aliviada al descubrir que, aun con dolor, puedo andar. Con la cara llena de lágrimas, rasguños y ganas de vomitar, me atrevo a preguntar:

—¿Y ahora...?

—Esto no va a gustarte... —Mira hacia ambos lados del río—. Según el GPS, estábamos a media hora del campamento antes del impacto. Eso significa cuatro horas en coche en línea recta, o cuatro días caminando en la misma dirección, pero si no me equivoco, bordeando la selva y esquivando zonas peligrosas... —Toma aire—. Quizá podría suponer dos semanas a pie. Y con suerte. Caminando todo el día.

—¡¿Qué?! —grito.

—Lo siento mucho, no sé qué coño hacía esa avioneta en nuestra ruta. Son unos desgraciados.

—¿Quiénes?

—Los furtivos. Sobrevuelan la selva fuera de ruta y sin radares para no ser descubiertos; se conocen las rutas comerciales, lo tienen todo estudiado, pero no pueden prever los vuelos privados. Por eso los hemos sorprendido y el imbécil del piloto no ha sabido esquivarnos.

—¿Habrá muerto?

—¡Espero que no! —responde con odio y la mirada se le torna turbia y oscura—. Espero que haya quedado malherido y los animales lo despellejen y se lo coman vivo, que sufra y se pudra en el infierno.

Ese odio me resulta familiar, como si lo hubiera sentido... Aunque nunca he vivido una sensación así. Sé que es lo que sentía mi madre, y lo que debí sentir yo tantas veces aún en su vientre. No puedo parar de llorar, siento la humedad en cada poro de mi piel y un sudor frío me empapa todo el cuerpo.

—¿Cómo puedo tener frío?

—Estas sufriendo un *shock*. Necesito que te estabilices para empezar a caminar. No podemos llamar la atención. ¿Tienes idea de dónde estamos?

—No sé nada —contesto llorando y sintiéndome ignorante e inútil.

—Escúchame. —Se acerca y me retira el pelo lleno de sangre de la cara—. Hay que empezar a andar para buscar refugio para esta noche. Estamos en la zona este del Congo. Es un área muy peligrosa, puesto que en esta parte del país sigue habiendo varios grupos de rebeldes y se producen guerrillas y asaltos. Ya sabes, intereses políticos y económicos.

—¿Vamos a morir aquí?

—Te prometo que no permitiré que mueras aquí —me dice en un tono contundente y seguro—. Pero debes obedecerme.

Suena autoritario y machista.

—¿Obedecerte? —La cabeza me da vueltas y siento vértigo.

—Sí, obedecerme.

—Ni hablar. —La vista se me nubla por un momento.

—Pero ¿de dónde has salido tú?

—De la sociedad del siglo veintiuno. —Noto cómo mi cuerpo se destensa y deja paso a la ira—. ¡TODO ESTO ES CULPA TUYA! —lo acuso sin saber muy bien por qué.

—¿Culpa mía?

—¡Sí!, si hubiéramos despegado a la hora que tenía-

45

mos que salir, si hubieras estado esperándome en el aeropuerto y no hubiera tenido que buscarte y hablar con esa
panda de amigos tuyos, ¡no habríamos coincidido con esa
maldita avioneta! —grito fuera de mí.

—¡Estás loca!

—Y tú, gilipollas.

No soy dueña de mis palabras, me siento descontrolada
y empiezo a marearme y a hablar sin sentido.

La imagen de Sirhan se torna borrosa, veo que me habla pero no lo oigo y no puedo hacer nada. Todo se vuelve
negro otra vez.

4

—¡*M*enos mal!, ¡menudo susto! Has vuelto a perder el conocimiento.

Abro los ojos y veo la cara de Sirhan muy cerca. Nos estamos moviendo y me lleva en brazos. Me baja al suelo con delicadeza y me apoya contra un gran árbol. Está húmedo.

—Necesitas azúcar.

—¿Qué ha pasado? —pregunto como si estuviera borracha.

—Estás sufriendo un episodio de ansiedad y estrés postraumático. He visto muchos en la Legión.

—¿En la Legión?

—Sí... Pero ya hace tiempo de eso. —Aparta la mirada y aprieta la mandíbula en un gesto de desprecio.

No entiendo a qué se refiere, pero tampoco le doy más importancia.

—Yo he estudiado Botánica —suelto sin sentido.

—¿Qué?

—Que estamos jodidos... —logro pronunciar al ver la selva sobre nosotros, ya no estamos en el río—. ¿Cuánto rato llevo inconsciente?

—Poco, unos diez minutos, pero corríamos peligro en la orilla con la sangre y los cocodrilos e hipopótamos cerca. Aquí estaremos más seguros hasta que puedas empezar a andar. Come esto. —Me alcanza una fruta—. Necesitas azúcar.

—No quiero... —Siento el estómago completamente cerrado.

—Come. —De nuevo ese tono autoritario que empiezo a detestar. Le da un mordisco y con las manos parte la pieza en dos—. No comas la piel. Es una anona.

—Sé qué fruta es. Si algo conozco del Congo, es la flora. Centré mi tesis en la supervivencia de los pigmeos aquí.

—Estamos salvados entonces —bromea—. ¿Comes pescado?

—No como animales.

—¡Como tu padre! Pues te va a tocar comértelos si no quieres morir antes de llegar al primer poblado seguro.

—¡Ni de broma! Esto es el paraíso del reino vegetal —le replico segura de mí misma tras haber hecho la tesis precisamente sobre esto.

—Ya me lo dirás...

Me entran ganas de llorar de nuevo, pero me contengo. ¡Se acabó! Soy consciente por primera vez de lo ocurrido y trato de centrarme. Tenemos que sobrevivir. Es todo lo que importa ahora. Tomo aire y me conciencio sobre lo que va a ocurrir: hemos de atravesar la selva. Vuelvo a mirar a mi alrededor y por primera vez contemplo con calma dónde estamos.

Trato de dejar el miedo atrás y me doy cuenta de lo enorme y majestuoso que es este lugar. Apenas llega el sol al suelo por la cantidad de ramas, hojas y lianas que tenemos sobre nuestras cabezas. Ni tan siquiera se ve el suelo con tantas hojas y plantas a nuestros pies. Naturaleza salvaje en estado puro. Nos tocará abrirnos paso con las manos apartando la espesa vegetación porque no alcanzo a ver ningún camino. A pesar de las emociones, me maravillo de la belleza que nos rodea.

—Voy a resumirte lo que va a pasar a partir de ahora

—me dice al ver que vuelvo a entrar en razón—. Tenemos que llegar al primer poblado o campamento seguro. Tengo una ligera idea de dónde estamos, pero los rebeldes se mueven sin parar y no tengo ni idea de dónde están. Así que, te lo pido, nada de rabietas, llantos ni nada que pueda llamar la atención.

—¿Y si aparece un grupo de gorilas? —pregunto realmente preocupada.

—Será el menor de tus problemas. Los leopardos, los insectos y las guerrillas son tus verdaderos enemigos.

—¿Insectos?

—¿Te vacunaste antes de venir?

—Sí, claro...

—Bien, entonces solo será molesto, pero no mortal. Escúchame ahora con atención. Vas a obedecerme.

—¿Puedes no decirlo así? —Vuelve a molestarme el modo en que me trata. No soy una estúpida. Tengo dos carreras y un máster.

—No te entiendo. No sé cómo quieres que te lo diga.

—No soy una inútil, ¿sabes?

—Sé que no lo eres, pero aquí el que conoce la selva soy yo.

Me quedo callada, tiene razón.

—Levántate.

—¡Y dale! Que no me des órdenes.

—¡LEVÁNTATE! —alza la voz una vez más.

Y justo cuando iba a quejarme de nuevo, siento algo rozándome la espalda y al darme la vuelta veo una serpiente enorme. Doy un salto y un grito y corro hacia Sirhan.

Está enfadado, y yo asustada.

—Te he dicho que te levantaras. No sé cómo te dicen las cosas en Australia. Pero esto es África y te voy a ser muy claro. Va a ser muy duro. Tienes que hacerme caso.

49

—Lo haré... —Asiento y agacho la cabeza por primera vez.

—Bien, tenemos que empezar a andar.

Las siguientes horas avanzamos sin parar entre plantas y junto a árboles de todo tipo. Palmeras de aceite, lianas, bananos, palmeras cocoteras. Sirhan va apartando con las manos las zarzas que nos impiden el paso creando así un pequeño sendero. Empezamos a cruzar la selva hacia Dios sabe dónde. Prefiero no preguntar. No hablamos.

Me duele la cabeza, el cansancio del viaje más la conmoción del accidente me han dejado abatida. El dolor de la pierna empieza a ser más agudo pero la adrenalina se encarga de que pueda seguir adelante. Tenemos que sobrevivir. Tengo sed, pero tampoco me atrevo a decirlo. Debo admitir que, a pesar de la situación, me asombra la belleza del entorno a cada paso que doy. El denso bosque ecuatorial empieza a abrumarme. Estar inmersa en él no tiene nada que ver con contemplarlo en fotografías. Los rayos del sol se cuelan tímidos entre las hojas. Un centenar de ruidos que desconozco nos envuelven y acompañan durante el camino. Sirhan va delante, con paso firme y como si no estuviera herido. Noto su enfado sin siquiera verle la cara. Me limito a seguirlo y trato de no estorbar.

Pienso en mi madre, en el modo en que mi padre la describía en su diario, y la imagino corriendo por la selva, atravesando esta maraña sin parar en busca de algún animal herido, y por primera vez me doy cuenta de lo valiente que debía ser. ¿Cómo podemos ser tan diferentes? Nunca he reparado en eso. Imagino cómo habría sido mi vida si me hubiera criado aquí, corriendo por esta tierra en vez de por la playa. Todo habría sido distinto. Mis temores e inseguridades. Todo.

Según el reloj de Sirhan, llevamos cuatro horas andando sin parar. Ahora el calor se apodera de nosotros y ambos tenemos la ropa empapada en sudor. Ya son las tres del mediodía y empiezo a tener hambre. Miro a mi alrededor tratando de recordar mi tesis: las frutas, bayas, hojas y semillas comestibles de esta región. Me las conozco a la perfección. Parece que en la vida todo ocurre por algún motivo, como si la decisión del tema de mi tesis no hubiera sido al azar sino un modo de salvarme la vida en un futuro. Espero poder recolectar la suficiente comida para los dos. Veo unas plantas con unas bayas que identifico y decido coger unas cuantas. Pienso en el modo en que he culpado a Sirhan hace un rato y me siento bastante avergonzada. La verdad, no sé qué bicho me ha picado para ponerme así con él. Será la tensión de la situación. Aun así, tiene que saber que no puede hablarme en ese tono. Aunque reconozco que me he pasado.

—Necesito parar media hora —le pido.

—Está bien. Descansemos.

Se da la vuelta y se dirige hacia un gran árbol. Distingo el banano y, antes de que le diga que puede coger plátanos, ya está trepando para arrancar varios.

—La banana es una de mis frutas favoritas.

—Bien, estamos de suerte, porque no hay mucho más.

—Sí hay mucho más. Mira, esas plantas de ahí son comestibles y estas bayas son una fuente de proteínas muy ricas.

—No sé si fiarme.

—No tienes mucha más opción. ¿Te duele el brazo? —Observo su camiseta ensangrentada.

—Un poco, pero sobreviviré. ¿Y tu pierna?

—Me duele más si estoy quieta. Así que, de momento, bien.

—Mañana será peor. Hay que aprovechar hoy. No hay

ningún poblado cerca aún, tendremos que dormir en algún resguardo que encontremos. Aunque a nuestro favor observo que tampoco hay restos de guerrilleros ni leopardos cerca por ahora.

No sé muy bien qué decir, así que empiezo a coger varias bayas y a llenarme los bolsillos.

—Puedo hacer una bolsa improvisada con mi camiseta. Para cargar lo que vayamos encontrando.

—Tendrás frío cuando caiga el sol.

—Prefiero frío que hambre. Aunque dudo que tenga frío.

Me lanza una mirada de arriba abajo. «Será imbécil.»

Se quita la camiseta y la que se queda embobada con su torso soy yo. Su piel es muy firme y tiene un tono realmente bonito. Parece suave, sin vello. «Mierda, me ha visto.» Empieza a anudar la camiseta y me la pasa con una sonrisa.

—Gracias —le agradezco con sequedad y lleno la improvisada bolsa de semillas, hojas y alguna fruta.

Descansamos media hora mientras comemos. Excepto la fruta, el resto sabe fatal, pero al menos puedo alimentarme de vegetales, así que prefiero no quejarme. Me surge una curiosidad:

—¿Cómo te orientas?

—Bueno, no es sencillo, por la noche es mucho más fácil, por las estrellas. Pero básicamente, nos dirigíamos al sur del río Congo. Podríamos atravesar la selva y sería más rápido, pero correríamos el riesgo de no encontrar agua y morir deshidratados. Así que seguimos el río, dejándolo a nuestra derecha para tener agua segura. Corremos más riesgo de encontrarnos con animales salvajes, pero también más opciones de encontrar poblados, pues siempre se sitúan cerca del agua.

—¿Hay muchos poblados por aquí?

—Están los pigmeos y luego alguno que otro más. Pero no muchos, la verdad. Las guerrillas han hecho mucho daño, y lo que sí que hay son campamentos fijos de rebeldes y furtivos. Pero al final los furtivos son unos cobardes. Huyen. El problema son los otros, que secuestran y asesinan sin piedad. Queman poblados enteros.

—Vaya, ya me siento mejor...

—Vas conmigo. No va a pasarte nada. Pero en cuanto encontremos un lugar donde pasar la noche, prepararé un par de armas con lo que pueda, para prevenir. Oscurecerá temprano. Así que cuando estés lista, avanzamos un poco más.

—Ya estoy.

Caminamos una hora más. El sol empieza a caer y una niebla ligera empieza a rodearnos. Mi cabeza no deja de idear planes, de imaginar modos de salir de aquí cuanto antes. Harta de imaginar me atrevo a preguntar:

—¿Hay alguna posibilidad de que un *jeep* o alguien nos encuentre?

—Sí, claro. Podría haber algún grupo de excursionistas, o algún rescate o incluso furtivos, y de ser ese el caso nos uniríamos a ellos haciéndonos los tontos. Y luego los mataría.

Abro los ojos de par en par.

—Es broma, pero desde luego desearía hacerlo. Aunque lo primero es sobrevivir y llegar al poblado más cercano que tenga conexión con los pueblos y ciudades principales.

—Esto es realmente hermoso —afirmo contemplando el inmenso paraje mientras avanzamos uno al lado del otro.

—¿Ahora te das cuenta?

—Sí...

Tras dos horas más de travesía, serpientes, insectos,

algún que otro mono pequeño sobrevolando nuestras cabezas entre los altos árboles y mucho cansancio, Sirhan señala lo que parece una pequeña cueva. Me duele la pierna cada vez más y agradezco haber llegado al lugar donde pasaremos la noche.

—Podemos parar por hoy. Parece un lugar seguro. Voy a por ramas secas para hacer fuego.

—¿Llevas mechero? —pregunto asombrada.

—Ojalá... No te muevas de aquí o no te encontraré.

—No te alejes, por favor. —Al verlo alejarse me entra una sensación de alerta que me inquieta.

—Estaré aquí al lado. Descansa un poco.

Por primera vez desde que he llegado a África, tengo un atisbo de tranquilidad por el simple hecho de no estar aquí sola, o con Mamadou, el tío de Sirhan que al parecer es un hombre mayor. No quiero ni imaginar cuál hubiera sido mi final si no fuera por Sirhan.

Siento que se desvanece un poco la ira y la desconfianza, y reconozco mi gratitud por haber sobrevivido a esta jornada tan dura. Me tumbo en el suelo y cierro los ojos un momento. A los cinco minutos, lo veo volver cargado de ramas y troncos.

—¿A gusto? —me dice al verme tendida boca arriba.

—Estoy cansada.

—Imagino, pero no deberías relajarte así en la selva. Debes tener siempre un ojo abierto. Tienes que ir con más cuidado, no bajar la guardia. Un buen lecho es necesario para no estar en contacto directo con el suelo.

—No lo sabía. —Me incorporo y lo ayudo con los troncos.

Desde luego, si me sucediera algo, sería una carga para él y es lo último que deseo.

Enciende el fuego con facilidad con la ayuda de dos ramas y una piedra, y agradezco la calidez al caer la noche. Comemos lo que ha quedado de este mediodía sentados frente al fuego y estamos un buen rato sin pronunciar palabra. Le miro fijamente a los ojos y ya no me resulta tan desconocido.

—¿Hace mucho que no comes animales?

—Sí, casi toda la vida. Es curioso que no te rías ni bromees al respeto.

—Tu padre es igual que tú. Estoy acostumbrado.

—¿Puedo preguntarte algo?

—Claro.

—¿Qué hace alguien como tú pilotando aviones?

—No entiendo...

—Has dicho que eras militar.

—Era... Lo dejé. —Traga saliva, parece no querer hablar del tema—. Así que ahora ayudo a mi tío en los vuelos. Me saco un buen dinero. Está muy complicada aquí la cosa.

—Sí, mi padre me ha contado algo. Es una pena.

Sentados uno frente al otro, comiendo lo poco que nos queda, establecemos una conversación normal por primera vez.

—El Congo es rico en metales preciados y petróleo, por lo que despierta mucho interés y con ello, conflictos. El Gobierno es inestable debido a la corrupción y a las diferencias de pensamiento de los que están al mando. Una parte de ellos, gracias a Dios, son conservacionistas que quieren priorizar la conservación de nuestra tierra antes que explotarla y destrozarla para extraer sus riquezas. Pues el petróleo es algo que tiene fin. Algún día se acabará. Sin embargo, los animales y la vegetación son eternos. ¿Qué sentido tiene destrozar algo que podría durar de por vida por algo que pronto acabará? Pero los que defienden esto son la minoría.

—Pienso exactamente como tú. Es una pena que el Gobierno no pueda protegeros.

—Cuando un Gobierno es débil, los sobornos y los grupos armados ganan. Cuando estaba en el Ejército y grupos de rebeldes tomaban ciudades enteras, nos obligaban a huir. Muchas veces teníamos que irnos dejando desprotegidos a los civiles. Era cruel e injusto. Los niños…, en fin.

—Sirhan muestra un ápice de sensibilidad y me sorprende.

Presiento que algo terrible ocurrió e intento cambiar de tema:

—Algún día acabará.

—Solo cuando acaben con todo.

—Mi padre me contó que solo quedan ochocientos gorilas de las montañas en todo el mundo. Que están en peligro de extinción. Se ve que los furtivos matan a los adultos para robar a los bebés y venderlos en Europa, Asia y Estados Unidos.

—Sí, lo he visto con mis propios ojos cuando estaba en el Ejército. Lo peor de todo es que mataban a la mitad de grupo familiar para lograr sacar un solo bebé. Que la mayoría de las veces se les muere antes de llegar siquiera al aeropuerto.

—¡Menuda mierda!

—¡Ellos son una mierda! Tu padre hace una labor muy importante en el orfanato de gorilas.

—Sí, lo sé.

—¿Por qué no has venido antes? Tu padre me ha hablado de ti alguna que otra vez.

—¿Sois amigos?

—No, solo trabajo para él junto a mi tío.

—Ah. —Me detengo a pensar y me planteo la misma pregunta—. Pues no sé por qué no he venido antes, la verdad… Mi psicóloga cree que es un trauma provocado en mi infancia por la pérdida de mi madre. Cree que asocio viajar, especialmente a África, con el hecho de haberme quedado huérfana.

—¿Psicóloga? No entiendo. ¿Qué es eso?

—Nada, que no he venido antes por miedo.

—Ah, vale... Hay que curar esa pierna.

Nos acercaremos al río a beber y a lavarnos las heridas. Hay que hacerlo antes que oscurezca. Me siento un poco a gusto por primera vez.

Caminamos hasta el río, que apenas está a diez minutos de donde hemos encendido el fuego. Aún hay sol pero ya empieza a esconderse. Bebo agua con las manos imitando a Sirhan. Entramos en el cauce hasta que el agua nos llega a las rodillas y me bajo los pantalones, esta vez ya sin pudor. Él, con mucho cuidado, me moja el muslo rozándome la piel y siento escozor. Trato de respirar mientras frota la herida con una hoja que dice tener propiedades cicatrizantes. Sea como sea, más vale eso que nada. Luego repite el proceso en su brazo y al acabar empieza a frotar su camiseta en el agua para sacar la sangre. Es importante desprendernos del olor a sangre y sudor para no atraer animales salvajes durante la noche. Me desnudo despacio mientras se da la vuelta como muestra de respeto. Valoro su gesto y empiezo a lavar mis pantalones y mi camiseta. Nos quedamos en ropa interior un largo rato mientras lavamos y dejamos secar la ropa a los últimos rayos de sol. Agradezco que no se atreva a mirarme y me relajo y empiezo a sentirme más cómoda.

—Probablemente tengas diarrea mañana —me dice sentado dándome la espalda.

—No hace falta que me des la espalda. Y ya lo sé, es por el agua.

Se vuelve hacia mí despacio y parece relajarse un poco él también.

—¿Siempre estás tan enfadada?

Tras mi primer impulso de darle una mala respuesta, me doy cuenta de que sería darle la razón. Reflexiono e intento ser amable.

—Disculpa, es la situación. Quería darte las gracias por todo, por cuidar de mí y todo eso.

—¡Qué remedio! La soledad sería peor. —Se ríe con ganas.

Y me contagia. Nos reímos.

Al cabo de quince minutos nos volvemos a vestir con la ropa un poco húmeda aún y volvemos a la zona de la hoguera, donde terminan de secarse nuestras prendas. Sirhan me prepara una especie de cama improvisada con unas hojas muy grandes de palmera y me invita a tumbarme. Ya ha caído el sol y necesitamos descansar. Él se sienta a mi lado, a una distancia prudencial.

—Duerme, yo vigilaré —me dice con amabilidad pero sin darme posibilidad de réplica.

Es tanto el cansancio y el dolor, leve pero constante, que caigo rendida en pocos segundos. El último pensamiento que me atraviesa la mente es mi padre y lo preocupado que debe estar.

5

Sueño con una playa lejana, cálida, con Sam corriendo por la arena, y de repente un rayo de sol me ciega de tal manera que despierto del dulce sueño. Aún acurrucada entre las hojas, puedo ver los rayos del sol entre los espesos árboles y a Sirhan a mi lado construyendo una especie de lanza con una piedra afilada y unas cañas. Me parece asombrosa su destreza. Le doy los buenos días y me pregunto dónde habrá dormido pues no me he enterado de nada. Me levanto con pereza y miro a mi alrededor en busca de comida.

—No hay nada.

—¿En serio?

—Será mejor que nos pongamos en marcha. ¿Has dormido bien? —Vuelve a parecer serio y distante.

—Sí, la verdad es que estaba destrozada. Me duele la pierna bastante hoy.

—Sí, ya te lo dije, pero mañana será menos. Has de aguantar.

—Por mí, cuando quieras. ¿Tu brazo está bien? —le digo mientras me acomodo un poco el cabello y la ropa.

—Sí, mejor. Necesitamos llegar a un lugar seguro cuanto antes. Vamos, pues.

Empezamos a andar de nuevo uno al lado del otro y ya no parece haber tensión entre nosotros. Él sigue serio, pero parece más su personalidad que un estado de ánimo.

No quiero ni imaginar lo que habrá pasado en su vida.

—¿Has podido dormir algo? —le pregunto.

—Apenas... He preferido vigilar. —Se calla por un segundo y continúa—: Y mirarte.

—¡Anda ya! —Me sonrojo levemente pero esta vez no me molesta.

—Pues no te lo creas. —Se ríe y sigue avanzando—. ¿No estás casada?

—Uy, ¡qué va! ¿Tú sí?

—Claro, con dos.

Abro la boca exageradamente y le dedico una mirada fulminante.

—No me lo creo.

—¿Por qué? ¿Tan feo soy?

—No... No es por eso. —Me doy cuenta de que, en realidad, me gustaría decirle que es todo lo contrario a feo—. Es solo que no te pega.

—¿Me pega más ser hombre de una sola mujer?

—Ahora que lo pienso, tampoco. —Me echo a reír.

—No, no estoy casado. Aún no he encontrado a nadie que me caiga tan mal como para infligirle esa condena. —Me da un leve golpecito con el codo a modo de burla.

—¡Qué tonto!

—Ya no pareces enfadada.

—Lo siento, es que es todo nuevo y aún lo estoy asimilando. Tú tampoco pareces tan serio ya...

—He atravesado la selva dos veces, aunque, claro, llevábamos *jeeps*, brújulas y munición. Pero no va a pasarte nada conmigo. Puedes estar tranquila.

—Vale. —Finjo creerle aunque la verdad es que sigo con miedo.

—Si no me equivoco, no muy lejos de aquí tendría que haber un poblado.

—¿En serio?

—Sí, pero no te hagas ilusiones. Hace años que no viajo por esta zona.

Un movimiento rápido sacude las ramas a escasos quince metros a nuestro lado. Parece algo grande y el estómago me da un vuelco. Me paro en seco y antes de tener tiempo de abrir la boca y emitir cualquier sonido, Sirhan se abalanza sobre mí en una gran zancada y me tapa la boca con la mano.

—Chiss. No hables ahora —me susurra tan cerca de la nuca que me provoca un escalofrío y me eriza la piel.

Su cuerpo en contacto con el mío por primera vez me causa una sensación nueva, desconocida. No quiero que se separe. Como cuando eres pequeño y tienes tanto miedo que quieres que tus padres te abracen por debajo de las sábanas para protegerte de todo lo malo. Cierro los ojos con tanta fuerza que me duele e imagino lo peor. Un leopardo o algo similar.

—Abre los ojos —vuelve a susurrarme aún entre sus brazos, y me va soltando poco a poco.

Los abro despacio y me sorprende la imagen de tres tiernos gorilas bebés mirándonos con tanto miedo o más que el que yo tenía.

—No les digas nada. Es mejor que no se asusten.

—Son monísimos —le digo en voz baja.

—Sí, ¡nunca mejor dicho! —se burla.

Los gorilas vuelven a su juego y desaparecen tan rápidamente como han aparecido. Nunca había visto uno en la vida. Qué privilegio verlos de tan cerca, tan libres. Cada vez me van entrando más ganas de llegar al poblado de mi padre y conocer su orfanato para animales salvajes.

Pasamos el resto del día caminando sin apenas parar y recogiendo los pocos frutos que podemos. Empieza a hacerse tarde, la pierna sigue doliéndome pero empiezo a acostumbrarme al dolor. A él parece que el brazo ni le mo-

61

lesta ya. Siento un leve malestar en el estómago pero estoy preparada para ello. Tengo los pies destrozados por culpa de los malditos zapatos y desearía haber venido en zapatillas o botas. No encontramos ningún resguardo como el de ayer para dormir así que volvemos al río para darnos un baño y sacarnos el olor de nuestro sudor una vez más. Al acercarnos, me sorprende el sonido de lo que parece un salto de agua, pero lo que ven mis ojos es aún más asombroso: unas grandes cascadas caen majestuosas sobre el río.

—¡Qué pasada! —digo sorprendida.

—Isla, sé dónde estamos —dice mirando a lo lejos con una expresión que no le había visto todavía.

—¿En serio?

—Sí… Si no me equivoco, al otro lado del río hay un pequeño poblado. No tienen comunicación con el exterior, son una pequeña tribu, pero si logramos llegar hasta ellos podríamos contarles lo ocurrido y dormir a salvo y comer algo decente por fin. Si consigo que confíen en nosotros, claro.

—¡Pues vamos!

—Atravesar el río es una puta locura.

La alegría de que reconozca el lugar me llena de esperanza y me siento poderosa y con fuerza.

—¡Hagámoslo!

—¿Estás segura?

—Por supuesto.

—Está bien, hazme caso, ¿vale?

—Llevo dos días haciéndolo y no nos ha ido tan mal, ¿no?

—Está bien, pase lo que pase no mires atrás ni trates de volver. Avanzaremos pase lo que pase. No parece haber cocodrilos cerca y, si somos rápidos, podremos huir de las serpientes. No pises el suelo bajo ningún concepto, solo puedes nadar.

—Me estás asustando.

—Rubia, ¿me vas a hacer caso?

—Mmm... Hecho. —Me extraña que me llame así pero no le doy importancia.

Sirhan entra despacio comprobando que no hay peligros aparentes y me tiende la mano. Se la alcanzo y nos metemos juntos al agua.

—Es el momento. ¡Nada!

Me ordena y, por primera vez, no me molesta. Le obedezco; con el corazón y el estómago en un puño empiezo a nadar con todas mis fuerzas detrás de él. Tengo tanto miedo que no miro al fondo, solo su espalda. Su fuerte y oscura espalda. Fijo mi atención en cómo se mueve, en cómo nada, en el movimiento de sus músculos. Siento algo rozándome las piernas y no puedo evitar soltar un grito, pero no me detengo, sigo avanzando hacia él hasta que consigo agarrarme a su espalda.

—Isla, por favor, no me agarres, nos vamos a hundir.

Lo suelto de golpe y veo que lo que me ha rozado solo ha sido una rama.

—Ya casi estamos.

En menos de lo esperado, Sirhan hace pie y tira de mí para sacarme del agua con tanta fuerza que apenas rozo el suelo hasta que me deposita en la orilla. «¡Lo hemos logrado!» No puedo evitar soltar una risa nerviosa. Estamos tan contentos que de la emoción le doy un abrazo y pego un par de saltitos. Le sorprende y me corresponde con otro abrazo.

—Lo has logrado. ¡Muy bien! —Se ríe él mismo maravillado.

—¡Síii! —contesto aún emocionada—. Vamos a ver si encontramos ese poblado.

Caminamos durante quince minutos cruzando la selva dejando el río a nuestras espaldas. Esta vez seguimos un sendero, lo cual parece buena señal. Oímos un ruido a

63

nuestra derecha justo cuando dos niños nos sorprenden. ¡No puedo creer lo que ven mis ojos! Dudo que sea un espejismo o una imaginación. Pero no, ahí están. Seguramente han oído mi grito mientras cruzábamos el río y han venido a ver qué pasa. ¡Madre mía! Al verlos siento tanta emoción que les daría un abrazo a cada uno. Los saludo sacudiendo el brazo emocionada y me miran con una cara que me dan ganas de gritar «Tierra, trágame».

—Nunca han visto una blanca —me suelta Sirhan y se ríe.

Se pone a hablar con ellos en un idioma que me suena bastante diferente al que hablaban en el aeropuerto y veo cómo los niños le señalan unos árboles. Uno de los niños se acerca y me da la mano para que lo siga. Me siento tan feliz que se me olvida el malestar del estómago y el hambre. Estamos a salvo, o eso espero. Nos acercamos a lo que parecen unas chozas.

—Es su poblado. No hagas nada raro, necesito que confíen en nosotros.

—¿Raro como qué?

—Como cualquier cosa que no haría un negro —me vacila.

—Pero ¿qué dices? —Alucino con su comentario pero prefiero mantener la boca cerrada.

En cierto modo, no confío en esta gente y me infunde mucho respeto. La ilusión de estar a salvo se tiñe por un momento de inseguridad y me quedo ligeramente detrás de Sirhan.

Ya ha empezado a atardecer y veo a lo lejos, detrás de las casitas de cañas y paja, un gran grupo de gente alrededor de lo que parecen varios cuencos gigantes de comida. Suenan tambores de fondo y unas antorchas los iluminan. Yo diría que se trata de una celebración aunque no me atrevería a afirmarlo.

Se vuelven todos de golpe, alarmados ante nuestra aparición, pero en cuanto ven que los niños nos llevan cogidos de las manos y aprecian nuestras heridas, pierden la expresión de desconfianza. Una mujer mayor que parece la madre de uno de los niños se acerca a nosotros y le toca el brazo a Sirhan. La verdad es que su herida se ha puesto mucho más fea que la mía, parece infectada, aunque él no muestra signos de dolor.

Intercambian saludos en el dialecto que ahora ya sé que se llama lingala, una de las muchas lenguas bantúes que se hablan en la República Democrática del Congo y otros países cercanos. Él parece explicarle lo ocurrido y, a la vista del interés de la mujer, imagino que somos bienvenidos. La famosa hospitalidad africana. A pesar de la poca luz que queda ya en el cielo, miro a mi alrededor y distingo más casitas y un montón de animales sueltos por ahí: cabras y bueyes pastando libremente, gallinas correteando. Esta gente vive de una manera muy humilde, pero tienen cosas que parecen importadas, como algunos juguetes viejos y rotos de los niños y unos cuencos metálicos para la comida.

—Se ofrecen a darnos cobijo y alimento unos días.

—¿Unos días? —me alarmo pero vuelvo a optar por no decir nada.

—Tenemos que trazar un plan de viaje. Ellos viven aquí, en medio de la selva, y no tienen ningún medio de transporte.

—¿Y eso? —Señalo los objetos que han captado mi atención.

Le explican a Sirhan que algunos hacen de guía para turistas que quieren conocer la selva y estos les hacen regalos en agradecimiento.

—Ah, ostras, qué bien. ¿Y no pueden ponernos en contacto con ellos?

Por desgracia, no tienen ningún trabajo contratado en los próximos meses por culpa de las guerrillas.

—Ve con esas mujeres, te dejarán algo de ropa y curarán tu herida.

—No me hace gracia separarme de ti…

—Y eso que al principio ni siquiera querías subirte al helicóptero conmigo —me dice en tono burlón de nuevo.

Noto que está tranquilo y eso me ayuda.

Miro a las dos mujeres mayores y a la chica joven que me sonríen amablemente mientras me indican que entre en su choza. Se levantan en mitad de la comida sin un gesto de fastidio con tal de ayudarme. Me sorprende su predisposición hacia dos desconocidos que irrumpen en su poblado, heridos y casi entrada la noche. Parecen buena gente. Visten unas prendas preciosas de colores de cintura para abajo. Ellas llevan los pechos al aire y los hombres van sin camiseta. Dedico una mirada de complicidad a Sirhan, que se acerca y me da un abrazo fugaz como gesto de confianza y tranquilidad. Creo que estoy a salvo por primera vez en tres días y me dejo llevar por esas mujeres.

Los tambores siguen sonando y los demás siguen con su celebración. Aunque no nos entendemos con el idioma, son tan hospitalarias que me hacen sentir a gusto. Me enseñan dos conjuntos y me dejan elegir el que más me gusta, menos mal que no tengo que quedarme con los pechos al aire. No podría. Siempre he sido muy pudorosa y algo recatada en ese sentido.

Me intentan explicar con gestos que hoy es la boda de una de las chicas y que están de celebración. Oigo cómo la música fuera de la cabaña va animándose y elijo el conjunto de color rojo. Me prestan un cepillo y un espejo viejo. Me miro tras tres días en medio de la selva y mi imagen es deplorable. Mi pelo, todo encrespado, luce un tono ceniciento, por la tierra imagino, y mis ojeras son notables. Mi piel esta enrojecida por el sol y mis ojos azules brillan pálidos por el cansancio. Las mujeres empiezan a curarme la herida con una pasta que huele fatal mientras la más joven me muestra algo que no logro adivinar qué es hasta que me señala con gestos distintas partes de su rostro y deduzco que es maquillaje. Ellas lucen uno realmente asombroso, con unas cenefas en las mejillas y en la frente dibujadas en un tono tierra cobrizo que me resulta muy bonito. Me dejo llevar y les dejo que me pinten como quieran.

La más joven empieza a maquillarme como si fuéramos íntimas amigas, y entiendo que me están preparando para participar en la ceremonia de la boda junto a ellas, como si fuera una más. Un niño pequeño de apenas dos años entra corriendo en la cabaña y se engancha al pecho de la que me está maquillando como un animalito. Ella sigue con mi acicalamiento mientras el niño, sentado en sus rodillas, mama de su pecho. La imagen me parece estremecedoramente salvaje y tierna a la vez. Naturalidad en estado puro. Para cuando acaba de maquillarme, el niño ya ha dejado de mamar. Ella me sonríe y me tiende de nuevo el espejo. Aunque sea tan pequeño, alcanzo a ver en su reflejo la obra de arte que ha hecho en mi piel, porque no tiene otro nombre. Adiós ojeras, tono de la piel igualado y una clase de pigmento negro perfilando sutilmente mis pestañas; mis mejillas lucen un tono melocotón que no entiendo cómo ha logrado con esa mezcla de pigmentos que yo sería incapaz de usar. En ese característico tono cobrizo que lucen ellas, me ha dibujado una cenefa de puntitos en la línea de mis pómulos hasta casi la altura de las orejas.

La pierna me arde de calor pero no siento ni una gota de dolor. Me pongo las prendas que me han prestado y me parece extremadamente sexi el cambio. Una falda pareo de tubo sobre mis caderas deja al descubierto mi ombligo y un top rojo, a conjunto, con grandes estampados verdes, negros y naranjas que luce un gran escote. No me reconozco en el espejo, pero me siento guapa y, por primera vez en mi vida, ese ritmo tan familiar para mí, pues mi padre siempre que me visitaba me llevaba música africana, me da ganas de mover las caderas. ¿Bailaría mi madre al son de esa música muchas veces en su vida? Al salir, tras una hora con las mujeres ahí dentro, ya ha oscurecido del todo y han encendido muchas más antorchas.

Unos chicos jóvenes tocan los tambores alrededor de una hoguera a un ritmo que empieza a poseerme y una chica canta algo realmente bonito. Me dejo llevar, como si ya hubiera asumido que esta experiencia empieza a ser la parte positiva de mi viaje, y trato de olvidar el infierno que acabamos de pasar. Y lo que probablemente nos quede por vivir. Recuerdo a Aurora y lo mucho que he aprendido con ella a vivir el instante, y me repito lo que ella me diría si estuviera aquí: «Nada es más valioso que el ahora».

Busco a Sirhan entre los chicos y me cuesta encontrarlo, pues no sé cómo va vestido. No lo veo por ningún lado, pero no me asusto.

No puedo comunicarme más que por señas, estoy sedienta, hambrienta, pero esta música me arrastra como la melodía más embriagadora. El ritmo constante de los tambores, con su *pum pum pum* imparable, me traspasa la piel y retumba en mi interior como si fueran mis propios latidos. La chica que me ha maquillado tira de mi mano hacia el centro de la fiesta y me tiende una bebida. No pregunto. Bebo, bebo con toda la sed del mundo y siento un ardor en la garganta que me llega a la boca del estómago. «¡Aaaggg! Sabe fatal.» Con otro tirón de mano me anima a bailar con ella. Los tambores suenan cada vez más fuerte. Unos chicos a nuestro alrededor bailan como si el suelo ardiera bajo sus pies, muy rápido, dando saltos, la hoguera cada vez más alta, van echando más y más leña.

Mis caderas, por arte de magia, empiezan a contonearse. Los chicos jóvenes de mi edad me miran y aplauden, y yo me suelto la melena literalmente y sigo bailando con las chicas. Con los ojos cerrados, me permito sentirlo todo. El olor a selva, a fuego, a comida, y sigo bailando sin parar, como si no fuera yo misma, no sé qué tendrá esta bebida, no se parece nada al alcohol, pero me hace romper todas mis barreras. Y bailo, sexi, sensual al ritmo de los tambores cuando unas manos rodean mi cintura desde atrás. Giro un poco la cabeza y descubro a un Sirhan diferente. Limpio, sin camiseta y con unos pantalones como de lino marrón algo rotos. Se mueve a mi ritmo y acerca mi espalda a su pecho mientras se aferra más a mis caderas y mueve las suyas contra las mías. Ambos mimetizados en la fiesta junto a los chicos del poblado. Bajo la mirada y encuentro sus manos aferradas a mis caderas y un huracán desemboca en lo más bajo de mi estómago, bastante cerca de mi zona más erógena. Estoy embelesada por la bebida que acabo de tomar, por el ritmo de la fiesta y por la caricia de sus manos en mi piel. Acerca mi trasero al máximo hasta su cuerpo con un empujón, y luego su movimiento me obliga a seguirlo. Aún con él detrás de mí, dejo caer mi cabeza hacia atrás hasta apoyarla en su hombro, le siento muy cerca, huele a hoguera o a algo parecido; es su piel. Estiro los brazos también hacia atrás y le rodeo la nuca con las dos manos.

Bailamos, nos rozamos, sudamos y me siento arder. Sus brazos, tan fuertes, tiran de mí y me obligan a girarme. Entonces apoyo los brazos en sus hombros y nos quedamos frente con frente, su pierna se cuela entre las mías y sus manos se apoyan en lo más bajo de mi espalda, entre la línea de mi cintura y mi trasero. Con una mezcla de fuerza y delicadeza, me mueve la cadera en círculos con sus manos y me acompaña con su cintura. Le siento en mi piel bajo la ropa, su movimiento de cadera, su aliento en mi cara, suspiramos, sudamos, ardemos y bailamos. Los tambores, el calor, los cuerpos empapados… Sirhan es sexi, hipnotizante, y desprende un halo tan feroz que me excita a cada movimiento, como si hiciéramos el amor; seguimos moviéndonos tan pegados que si lo besara apenas significaría nada. Es un ritual muy íntimo. Nunca había bailado tan cerca de nadie.

Pasando de un ritmo a otro, seguimos balanceándonos, rozándonos, sin parar durante horas. Cada vez más extasiados, más sedientos y más calientes. Su aliento me reclama, nunca había sentido tanta excitación en mi vida, ni siquiera en ninguna relación íntima con mis exparejas. La conexión es brutal. Sé que la bebida lleva algo, pero no estoy mareada, me siento sobria, todo lo siento con claridad, pero no soy yo, no hay pudores, ni miedos, ni inseguridades.

Lo miro fijamente y revivo en un instante los dos días que hemos pasado solos en la selva. Cada conversación, el *shock*, el accidente. Nunca he sido de dejarme llevar ni de cometer locuras. Pero este viaje me está llevando a lo más primitivo de mí. Me gusta, me gusta sentirme por primera vez liberada y me prometo vivirlo todo al máximo. Por primera vez desde que hemos llegado siento como si una parte de mí oculta estuviera aflorando.

—Parece que sí tenías sangre africana circulando en tu cuerpo blanco.

—Y tú parece que bailas mejor que pilotas —bromeo tan cerca de sus labios que siento que no aguanto la tentación.

Repaso su rostro desde tan cerca que todos sus rasgos tienen un atractivo sexual: sus labios tan carnosos, sus pestañas oscuras con esa mirada tan negra, sus pómulos ligeramente marcados que le dan ese aspecto duro y la barba de una semana, negra oscura y rizada. Es atractivo, sensual y tentador. Su piel cobriza me provoca ganas de recorrer su cuerpo. Todos los poros de su piel desprenden testosterona. ¿Cómo no he podido reparar en todo esto antes?

—Estás increíble —me susurra en el oído.

Estoy tan cerca de él que veo la hoguera reflejada en sus ojos.

—Y tú —contesto sincera.

—Al final, no ha sido tan terrible estrellarme contigo.

—¡Serás imbécil! —le suelto bromeando.

Y a modo de castigo, me agarra de las nalgas, me estrecha aún más contra él y ralentiza el movimiento, como si estuviera haciéndome el amor, tan despacio que puedo sentir como si estuviera entrando en mí, me provoca un ardor entre las piernas que me hace temblar y se da cuenta. Sigue embistiéndome despacio con sus manos apoyadas en mi trasero. Me separo despacio y empiezo a dar vueltas con movimientos sexis. Parecemos dos leones en pleno ritual de apareamiento, yo contoneándome como una leona en celo, con mi ropa ceñida, roja, del color del fuego, y mi escote y cintura al aire. Muevo el culo cerca de su bragueta y me voy acercando despacio, trazando círculos mientras él se muerde el labio y sonríe.

Estamos en medio de la selva, sudados, rodeados de antorchas, tambores y un cielo tan estrellado que alumbra. A nuestro alrededor todos bailan tan extasiados como nosotros, aunque no tan sensuales. Mientras me rozo contra sus pantalones cada vez más despacio, tan cruel como él ha sido conmigo antes, Sirhan estira la cabeza hacia atrás como si no pudiera soportarlo y me coge con suavidad del cuello con las dos manos. Esas manos que deseo que me desnuden y me descubran. Esas manos que me salvaron y que ahora están a punto de conquistar cada una de mis curvas.

Seguimos bailando durante horas. Cada vez más acalorados, más excitados y más cansados. La fiesta empieza a llegar a su fin y los amables congoleños nos ofrecen una cabaña junto a los dos niños que nos han encontrado, pero estamos tan sudados que preferimos darnos un baño antes de acostarnos. Cogemos un par de antorchas y nos dirigimos al río. Esta vez ya fuera de peligro, sabiendo que está el poblado cerca, en el cual hacen turnos de vigilancia toda la noche.

Sirhan me coge de la mano y me guía hacia la cascada. En ese tramo el agua no cubre y está cristalina a nuestros pies, libre de amenazas pues los animales nunca están bajo los saltos de agua. Avanzamos con la ropa puesta pegados a la orilla, entre risas por la locura que vamos a cometer, como si fuéramos otros, desconocidos de nuevo, pero conociéndonos un poco.

Nos miramos mientras Sirhan se mete bajo la cascada. El agua lo empapa desde arriba. Suelta un grito de liberación al entrar en contacto con la fuerza del agua y me atrae hacia él, acabamos juntos bajo la cascada y, sin pedir permiso, me coge por la cintura y me acerca a él tanto como antes en la fiesta. Coloca sus manos a cada lado de mi cara y me besa con tanta pasión que siento que no me aguanto de pie. Las piernas me empiezan a temblar sin remedio. Su torso musculado está desnudo contra mi top mojado. Se fija en mis pechos y noto cómo mis pezones se marcan sin poder evitarlo. Suspira y me lo arranca sin darme tiempo a reaccionar. Feroz. Nos besamos como si el mundo fuera a desaparecer después de nuestro beso. Sus labios son infinitamente más suaves y carnosos de lo que me hubiera atrevido a imaginar. Inexplicables. Mis pechos desnudos se refugian contra su piel cálida, y tan rápido como él lo ha hecho con el top, me saco la falda para quedarme completamente desnuda ante sus ojos. Resopla tres veces seguidas y se quita los pantalones, no puedo evitar dirigir mi mirada entre sus piernas y su notable excitación hace que cada vez esté más caliente, si es eso posible...

Seguimos besándonos con tanta pasión que me duele. Sus manos recorren mis pechos con fuerza mientras la cascada estalla sobre nosotros, con fuerza, fría. Las estrellas brillan y puedo distinguir cada uno de sus rasgos a pesar de la oscuridad, el contraste de nuestras pieles es precioso.

Tiene mucha fuerza, con un punto de brutalidad que me hace enloquecer; el modo en que pasa de la ferocidad a la ternura va a hacerme perder la cabeza. Me acaricia despacio los pechos mientras me muerde el cuello con delicadeza, y baja hasta mis nalgas, las aprieta con deseo y en un gesto seco me da la vuelta y me deja de espaldas a él, en contacto con su pecho; siento el latido de su corazón desbocarse. Me agarra el pelo empapado y me obliga a estirar la cabeza hacia atrás hasta apoyarla en su hombro. Una punzada leve de dolor logra excitarme más aún.

El cielo ante mis ojos, eterno, brillante, y la luna. Nunca podré olvidar esta luna tan llena de luz que alumbra hasta las hojas de los árboles. Sirhan me besa el cuello entre mordiscos y con la lengua me recorre las clavículas, hasta detenerse en el cuello de nuevo, como un vampiro en busca de la yugular me muerde dulcemente mientras siento su miembro en mi espalda, duro, con sus manos aún sujetando mi pelo. Mi cabeza reposa en su hombro; el agua estalla en mi cara y siento que me ahogo. Desliza la otra mano desde mis pechos a mis caderas para acabar entre mis piernas y, sin que me dé cuenta, me penetra con sus dedos, con delicadeza, mientras con fuerza tira de mi pelo hacia atrás obligándome a arquear la espalda. Nadie jamás me había tratado así, tan fuerte, tan brutal, y me gusta. Nunca creí que dejar a alguien dominar cada rincón de mi cuerpo pudiera hacerme sentir tanto placer.

Entre jadeos y extasiada de placer, apenas noto cómo salen sus dedos de mí. Pero una fuerte embestida de su miembro en mi interior me hace estallar. Suelto un fuerte grito de placer al notarlo por fin dentro de mí, gimo tan fuerte por el impacto que con la mano que acaba de hundir en mí me tapa la boca, introduciendo sus dedos mojados entre mis labios. El agua sigue cayendo sobre mi rostro, mi boca, y no puedo abrir los ojos. Lamo sus dedos instintivamente, presa de la excitación, y me pregunto otra vez qué habría en la bebida que he tomado.

Y ahí mismo, bajo la salvaje cascada, a oscuras, perdidos en medio de la selva congoleña, bajo ese manto de estrellas, me penetra desde atrás ayudándose con sus manos, agarrando y moviendo mis caderas tan fuerte que tengo que taparme la boca para que mis gritos no lleguen al poblado. Placer en estado puro. Duro. Instintivo. Primitivo. Brutal. Tras media hora de embestidas sin cambiar de posición me dejo llevar y tengo el mayor orgasmo de mi vida con él aún en mi interior. Al sentir que he llegado al orgasmo, me da la vuelta y me sienta en su cintura para acabar él. Me mueve con tanta fuerza que siento que voy a desmayarme de placer. Alcanzo el clímax por segunda vez.

Tiene tanta fuerza que parece no costarle nada moverme tan rápido y violentamente contra él. No dejo de pensar que jamás había tenido sexo tan duro. Una y otra vez, incrédula de que me guste tanto. Justo antes de correrse, sale de mí y me pide que siga con la mano. Al sentir su miembro caliente, grande y duro entre mis dedos, me entran ganas de pedirle que siga penetrándome sin parar, pero me reprimo un poco y le hago llegar al orgasmo mientras nos besamos. Después, silencio. Suspiros agitados. Abrazo y paz.

Tras diez minutos abrazados junto a la cascada sin pronunciar palabra recogemos nuestra ropa empapada y caminamos hasta donde tenemos los zapatos. Hace calor esta noche, más que las anteriores, y volvemos hacia el poblado desnudos. Incrédulos y a salvo. Le cojo la mano mientras nos acercamos a nuestra cabaña y no puedo evitar confesarle:

—Ha sido increíble.

—Tú lo eres.

—Yo no he hecho nada… —respondo sintiendo que él ha sido quien ha controlado la situación en todo momento.

—¿Me creerás si te digo que nunca había hecho algo así? —me confiesa.

—No. —Me río—. No te creo —le respondo sinceramente imaginándome su brutalidad descargada en otras mujeres.

—No lo entiendes… Crees que sabes mucho de África, pero en realidad hay cosas que desconoces.

—¿Como cuáles?

—Como que no puedes mantener relaciones antes del matrimonio, o como que una mujer africana jamás desatará su pasión fuera de su casa ni con otro que no sea su marido. Es pecado, está mal visto.

—¿Eso me convierte en una fresca?

Sirhan estalla a reír.

—No sé en qué te convierte eso, la verdad. No sé si eso es normal o no en Australia.

—No lo es —lo interrumpo.

—Sea como sea, me ha encantado. Y me hubiera quedado haciéndote mía una vez tras otra toda la noche. Eres tan diferente…

—¿Eso es bueno o malo? —Le pico para que me diga lo que quiero oír.

—Pues aún no lo sé. Pero me temo que podrías causarme daños irreparables…

—Anda ya. —Lo empujo en broma, ni que fuera a enamorarse de mí alguien como él—. Los chicos como tú no os enamoráis.

—Vaya, muchas gracias, señorita australiana. —Se ríe mientras me mira fijamente—. Tú no tienes ni idea de lo que hacemos los chicos como yo.

Tiene razón, pero no se la doy. Sonrío y agacho la cabeza. No quiero hablar más del tema. No quiero controlar la situación ni saber lo que ocurrirá después. Raro en mí, pero así es. Solo quiero que la experiencia me descontrole, que vuelva a pillarme por sorpresa y que siga enloqueciéndome como hasta ahora. Una nueva yo surge de mis entrañas y me hace sentir más yo que nunca antes en mi vida.

Aún de la mano, entramos en la choza que nos han dejado tan amablemente. Descubrimos que no hay nadie y nos tumbamos en las camas que nos han preparado en el suelo. Sirhan me abraza por detrás en silencio y nos acurrucamos uno junto al otro aún con su miembro erecto contra mí.

Me siento a gusto, segura, y no pronuncio palabra. No quiero estropear el momento. Nos dormirnos enseguida, tranquilos por primera vez desde que nos conocemos.

6

—*I*sla, tienes que despertar. —Siento el aliento de Sirhan en mi rostro y abro los ojos con pereza, desubicada. Tres chicas jóvenes se ríen detrás de él, que ya está vestido y parece llevar un rato en pie—. Tienen que limpiar la cabaña. Costumbres de aquí, pequeña.

—¿Pequeña? —Me río coqueta.

—Creo que después de lo de ayer me he ganado el privilegio de poder llamarte como quiera. —Me tiende mi ropa ya limpia y seca.

—Vuelves a ponerte en plan macho alfa.

Sirhan me mira con cara rara.

—¿Macho qué? ¿Vuelves a estar enfadada? —me reprocha sin ánimo de ofender. Sonríe con inocencia y algo receloso.

Y comprendo que solo es su manera de expresarse, su cultura, y que no hay nada malo en sus intenciones. Nada más allá de una vida completamente lejana y opuesta a la que yo he llevado. Lo miro fijamente, le sonrío. Me gusta cómo suena la palabra «pequeña» en sus labios, y me doy cuenta de lo grande que me hace sentir. Le planto un beso en señal de paz que lo deja algo desconcertado y me empiezo a vestir mientras las niñas se siguen riendo.

—Como te dije, nunca habían visto a una mujer blanca. Dicen que eres muy guapa. Y yo pienso lo mismo.

—Me guiña el ojo y me hace un gesto indicándome que me espera fuera.

Me visto con calma y me siento renacida. Otra persona, libre de estrés, temores y traumas. Como si la selva me hubiera sanado todos mis sinsentidos. Empieza a nacerme una curiosidad muy fuerte por mis raíces. Al fin y al cabo, soy mitad africana y eso, de un modo u otro, tiene que ser importante. Como mínimo genéticamente.

Fuera, el poblado parece haber vuelto a la tranquilidad. Sirhan está machacando unos frijoles junto a dos ancianas, ayudándolas con la comida.

—¿Qué hora es? —le pregunto.

—Las doce del mediodía.

—Dios mío…

—Tranquila. Lo necesitabas. —Su mirada me muestra una doble intención. Y me río y pongo los ojos en blanco—. Come algo.

Me tiende un plato con yuca frita con una pasta hecha a base de frijoles y especias que está riquísima. Con un punto picante que me da sed.

Desde el primer bocado me siento en el cielo, está riquísimo; la mezcla de sabores y texturas es deliciosa. Y me atrevo a preguntar cómo está hecho. Sirhan me explica la receta traduciendo palabra por palabra lo que dicen las mujeres.

—No sabía que estuviera bien visto que los hombres cocinaran —le digo a sabiendas de que ese rol lo asumen las mujeres en las tribus y poblados.

—No lo está. Pero tampoco lo está lo de anoche. Y ya que estamos en plan rebeldes, las ayudo un poquito. —Me sonríe con picardía, y las mujeres sonríen también como si hubieran entendido algo.

Me parece tierno por primera vez y despierta en mí un halo de complicidad que aún no había sentido hacia él. Me resulta curioso que ayude a las mujeres sin importarle el rol y me doy cuenta de que tiene razón. No tengo ni idea de quién es o cómo es. Pero me entran ganas de descubrirlo.

—Está buenísimo. Dales las gracias, porfa. —Le pido que le traduzca a las mujeres por mí.

Me cuenta que ha hablado esta mañana con los jefes de la tribu para ver cómo podemos llegar al campamento de mi padre, y al parecer, estas semanas se acerca un fuerte temporal de lluvias tropicales que va a hacer imposible atravesar la selva sin ayuda. Me entristezco por un momento cuando me lo cuenta, pero me tranquiliza saber que estamos a salvo y con comida. Me dice que para lograr nuestro objetivo tendríamos que salir hoy mismo, o mañana a mucho tardar. Si esperamos unos días más, no podremos salir.

Decidimos pensarlo a lo largo del día y tras acabarme el desayuno me uno a las mujeres para ayudarlas a preparar la comida para todo el poblado, que serán unas treinta personas adultas y veinte niños, mientras dejo a Sirhan tomar la decisión de qué hacer.

Aprendo mucho de cocina africana y de cómo con pocos ingredientes pueden realizarse platos tan deliciosos, aunque debo admitir que la costumbre de comer con las manos todos del mismo cuenco no me gusta en absoluto. Ayudo a pelar y cortar plátano macho y yucas para hacer un guisado.

Tras un buen rato cocinando, nos sentamos a comer todos juntos y al acabar me noto un tanto cansada. El dolor de la pierna es cada vez más leve, pero necesito dormir y recobrar fuerzas para la nueva travesía que vamos a emprender de un momento a otro. Sirhan me pide que descanse, que en un rato va a verme y decidimos qué hacemos. Me sorprende que me dé opción a elegir, teniendo en cuenta cómo han ido desarrollándose los hechos desde el accidente.

Una niña que no debe de tener más de diez años me sigue y me saluda en mi idioma. ¡Menos mal, alguien con quien comunicarme!

—Hablas inglés —le digo ilusionada.

—Un poquito. Mi padre me lo enseñó —pronuncia bastante mal pero lo suficientemente claro como para entenderla.

—¿Dónde está él?

—Haciendo una travesía por la selva guiando turistas. Gracias a eso tenemos todo lo que ves.

—Oh, ¡qué suerte!

—Sí. Yo de mayor también quiero ser guía y poder vivir con los gorilas.

—¿Te gustan los gorilas?

—Mucho.

—A mí también. Mi madre era una gran amante de esos animales y mi padre tiene un orfanato para ellos en Virunga.

—¡¡Yo quiero ir!! —dice ilusionada y me pregunta intrigada—: ¿Puedo tocarte el pelo?

—Claro.

—Es tan raro…

—¿Raro? Es liso.

—Sí. —Se ríe y toca su pelo afro para compararlos.

—A mí me gusta el tuyo —le digo.

—Gracias —me contesta educadamente—. Aquí no estamos acostumbrados a ver blancos. Papá jamás trae a nadie aquí. Dice que sois diferentes, y que no entenderíais nuestro modo de vida.

—Tu papi tiene razón. Tenemos otras costumbres. Pero somos iguales a vosotros, aunque con el pelo diferente —le digo mientras bromeo tocándoselo y vuelve a reírse.

—Te dejo descansar.

—No me molestas.

Antes de poder acabar la frase oigo una fuerte explosión muy cerca y la cara de la niña se desencaja de terror y se me tira encima. La abrazo, las dos con el corazón a mil, y antes de que me dé tiempo siquiera a reaccionar, suena otra explosión, esta vez más cerca. Oigo gritos fuera de la choza y Sirhan irrumpe dentro corriendo y nos pide que lo sigamos.

—¿Qué está pasando?

—Son los rebeldes. ¡Hijos de puta! Hay que irse. Están acercándose y si estamos aquí cuando lleguen, no quieras saber lo que pasará.

—¡¿Qué?! —grito y pregunto a la vez acojonada.

—Isla, ¡vámonos! ¡YA!

Me levanto enseguida y cojo de la mano a la niña.

—¿Y mi padre? —le pregunta a Sirhan.

—No sé quién es tu padre.

Se oyen gritos y alboroto en el poblado.

—El gran guía.

—No ha vuelto aún. Pero tenemos que irnos.

Sirhan coge a la niña en brazos y salimos de la cabaña. La imagen es desoladora, todas las mujeres corriendo con bolsas, los niños a cuestas, gritos. Los hombres cogiendo las pocas armas que tienen y gritando. Mi atención va directamente a una mujer que llora con un bebé a la espalda y tratando de coger a su otro hijo, de unos cinco años, que se revuelve aterrorizado impidiendo que la madre, que a duras penas puede con el pequeño, lo sujete. Le señalo la mujer a Sirhan, que sale corriendo y sin esfuerzo carga al niño junto a la niña que ya lleva en brazos.

No entiendo nada. Solo puedo ver el humo de la explosión a escasos metros y el terror se apodera de mí. Pero esta vez no me bloquea. Todo lo contrario. Adrenalina. Echo a correr siguiendo a Sirhan y a los demás.

—¿Adónde vamos? —logro preguntar entre jadeos.

—A lo alto de aquella colina para poder ver dónde están. Con suerte, entrarán en el poblado, robarán y se irán. Son nómadas y los hijos de puta saquean poblados para sobrevivir. Si hay mujeres, las violan y muchas veces matan a sus hijos para poder hacerlo sin que los molesten; son unos desgraciados.

Su cara se torna odio y me asusta. Los dos niños lloran extrañados y asustados en sus brazos. Les dice algo con suavidad y logra calmar al menos a la niña.

Miro atrás y veo cómo el humo se extiende y vuelve a poseerme el miedo. Siento rabia. Una rabia que me arde de un modo indescriptible. Seguimos corriendo selva a través con todos los habitantes del poblado y nos acercamos a otra zona donde hay humo; parece haber caído ahí otro de los explosivos. Lo que ven mis ojos me deja paralizada.

Una cría de gorila chillando junto al cuerpo muerto de su madre. La imagen es tan desoladora que no puedo aguantarla. Me paro en seco y estallo a llorar. Sirhan tira de mi mano para que deje la escena atrás y siga corriendo y por un momento lo consigue. Me arrastra, pero con un tirón fuerte me zafo de su mano y vuelvo atrás. Me abalanzo sobre la cría, que se pone a gritar aún más fuerte, y la cojo en brazos como si fuera un bebé humano. El gorila estira los brazos hacia el cuerpo de su madre como si no quisiera irse, y cuando empiezo a correr junto al grupo, se aferra a mi cuerpo tan fuerte que sé que aunque lo suelte no va a caerse.

—¿Qué coño haces? —me grita Sirhan.

—¡No pienso dejarlo ahí!

—¡No podemos salvarlo! —Sirhan baja a los niños que ya se han calmado un segundo, y trata de quitarme al gorila de los brazos.

Lo aparto de un empujón tan fuerte que incluso yo me quedo sorprendida.

—¡Ni se te ocurra! —le grito con una ira que desconozco.

No soy yo. No me reconozco. Y por un momento siento a mi madre en cada poro de mi piel. Empiezo a correr de nuevo siguiendo al resto del poblado con la cría en brazos hacia lo alto de la colina sin mirar atrás, pasando completamente de Sirhan.

Mi cara se empapa de lágrimas y empatizo. Empatizo, sin siquiera darme cuenta, con mi madre, con todo lo que fue y con todo lo que sería yo ahora mismo si nunca me hubiera separado de ella. Si me hubiera criado como ella anhelaba. Mi otra yo. Quizá mi yo verdadero. Quizá mi yo feliz.

Anoche con los tambores, sentí esa llamada, ese aullido salvaje que te atrae a tu manada, a esa parte de ti de la que no puedes desprenderte ni queriendo, y ahora otra vez. No pienso en nada, solamente en salvar y proteger al pequeño.

Llegamos a la cumbre sin aliento. Me sorprende una extensa llanura con pasto fresco, sin apenas árboles y con unas vistas increíbles. El pequeño gorila se esconde acurrucado entre mis brazos y, al sentir que ya no corremos, se separa un poco de mí y me mira directamente a los ojos. De un modo que jamás podré describir. De un modo tan humano que me asusta. Solo dura unos segundos. Me observa, memoriza mi cara y vuelve a aferrarse a mí como si fuera un niño.

—Acabas de dejarle tu impronta. Ya me contarás cómo lo soltamos ahora —me dice Sirhan, que llega justo después de mí con los niños de nuevo en brazos.

—¿Qué?

—¿Te crees que no quería llevármelo? ¿Salvarlo? Los bebés gorila identifican por impronta a sus madres de un modo muy fuerte y para él ahora tú eres su madre. Suéltalo.

—¡No!

—Hazlo un segundo, por favor, Isla —suaviza su tono de voz y deja de parecer una orden.

Lo suelto poco a poco aunque el pequeño hace fuerza hacia mí.

—Ahora aléjate un poco, ponte a mi lado.

Le hago caso y el pequeño gorila mira a su alrededor un segundo, a toda la gente del poblado, y corre a mis brazos sin dudarlo, trepa hasta mi cintura y me abraza por el cuello escondiendo su cabeza entre mi pelo. Me derriba el corazón y se lo gana para siempre.

—¡Joder! Es increíble —suelto sin poder evitarlo y lo abrazo fuerte. Amándolo sin haberlo decidido.

—Sí... Ahora quizá entiendas a tu madre —dice Sirhan, que parece saber más de ella de lo que cuenta.

—No tenía ni idea...

—Ya me dirás qué hacemos ahora con el pequeño.

—Podemos llevarlo hasta el orfanato.

—Isla, despierta, por favor. Estamos en medio de un ataque de la guerrilla, se acerca un temporal terrible y ni siquiera sabemos cómo llegar hasta ahí. Y este animal tiene que comer.

—Pues le daremos de comer.

—Eres tozuda... —me suelta esta vez sin un ápice de enfado—. No conocí a tu madre, pero por lo que siempre cuenta tu padre, eres como ella.

Su comentario me sorprende, pues nunca nadie me había dicho nada parecido. Y para mi sorpresa, me gusta. Noto una fuerza en mi interior que me da energía para luchar contra las injusticias a las que esta gente se ve sometida. Miro a mi alrededor y veo a los niños llorando asustados. Han cesado las explosiones y desde la colina divisamos el poblado. Vemos llegar un *jeep* y, sin duda, va ocupado por unos saqueadores. La rabia me inunda.

Sirhan habla con los jefes de la tribu. La impotencia es algo común entre todos nosotros, pero sabemos que nada podemos hacer contra ellos. Con algo de suerte, cogerán provisiones y huirán. La niña, que vuelve a estar enganchada a mí, me cuenta que no es la primera vez que ocurre, que tiran las bombas para asustarlos y como aviso de que van. Así pueden saquear todo lo que quieran sin que nadie ofrezca resistencia. Me parece tan ruin que me entran ganas de matar. Pero respiro hondo y comprendo que esta no es mi batalla. ¿O quizá sí? Abrazo a la niña junto al gorila, nos sentamos en la hierba verde y lloramos juntas mientras acariciamos al pequeño para que no tenga miedo.

Tres horas más tarde, emprendemos el camino de vuelta al poblado, y exactamente como la niña me ha explicado, nos cuentan que no es la primera vez que ocurre y que al final el ataque suele quedarse en robos materiales y de ganado. Las primeras veces se enfrentaban a ellos y siempre acababa muriendo gente; con los años han aprendido que huir es la manera de sobrevivir. Una mezcla de emociones y sentimientos se debaten en mi interior. Me siento triste y a la vez esperanzada de haber podido salvar al pequeño gorila. Me pregunto si podremos encontrar a su familia y dejar que se vaya con ellos, pero según lo que me contó mi padre, los gorilas no se separan nunca de la que consideran su madre, aunque esta sea humana y por más que haya otros gorilas cerca. Por el tamaño del pequeño y las fotos y libros de mi padre, calculo que la cría debe tener unos seis meses de edad. Se le ve sano aunque está sangrando por una patita. Durante el camino de regreso se aferra a mí con fuerza y muestra miedo a los demás humanos. Volvemos siguiendo el río para tener mayor visibilidad y poder beber un poco de agua. Abrazo y acaricio la cabecita del bebé para que esté tranquilo y siento una unión muy fuerte entre nosotros. ¿Cómo puede ser? Es tan indefenso, dulce y pequeño...

Cuando llegamos al poblado la imagen es desoladora. Han prendido fuego a dos casas y destrozado la mayoría de los establos. No hay derecho. La tristeza y la impotencia me invaden. La niña me da la mano y me señala la patita del gorila para que lo curemos. Nos acercamos a la choza en la que hemos pasado la noche, que por suerte está intacta, y entramos para curar al pequeño gorila. Sirhan ayuda a los demás a recoger los destrozos.

—Cielo, no me has dicho tu nombre —le digo a la pequeña mientras me ayuda con las curas.

—Me llamo Nasha.

—Muchas gracias por ayudarme a curar al pequeño.

—De nada, me gustan mucho los animales.

—Sí, a mí también —le digo honestamente, aunque hasta hoy no me había dado cuenta de cuánto.

—Tenemos que ponerle un nombre. —Señala al gorila.

—Elige tú —le pido a Nasha.

—Vale. —Sonríe con tristeza—. Le llamaremos *Kendy*.

—Me gusta. —Acaricio la cara de la pequeña y le doy las gracias.

—Significa «amado» en nuestro dialecto.

—Qué bonito, Nasha, me encanta. Y no te preocupes, tu padre estará al llegar.

Asiente y le da un beso en la cabecita a *Kendy*.

Salimos para ayudar a los demás y el pequeño gorila se sube a mi espalda y se me sienta a caballito sin mi ayuda. Dejándome las manos libres.

Todo el poblado arregla los desperfectos que los saqueadores han causado, y muchos, entre lágrimas, maldicen lo que acaba de pasar, pues las reservas de comida son escasas y la tierra se cultiva despacio.

Empiezo a aportar mi granito de arena a los que necesitan más ayuda, y luego me dedico a limpiar y a cocinar para la cena. Hoy ha sido un día triste. La mezcla de emociones de anoche y de hoy se me funden en la garganta y soy incapaz de hablar en lo que queda de día. Sirhan no me quita los ojos de encima desde lejos. Preocupación es todo lo que logro descifrar en ellos.

—¿Estás bien? —Se acerca y me pregunta al fin. Le acaricia la cabeza al bebé gorila—. ¿El peque, mejor?

—Sí, gracias. Estamos bien. Se llama *Kendy*. Ya le he curado la patita, solo era un rasguño. Estoy ayudando a preparar la cena, no me entero de nada, pero hago lo que puedo —le confieso sincera—. Nasha me ayuda con el idioma.

—Lo estás haciendo genial.

Me dedica una sonrisa de complicidad y vuelve a ayudar a la gente a arreglar los establos.

Oscurece antes que nunca por culpa de las cenizas. Cenamos todos juntos alrededor de las antorchas y el silencio se apodera del poblado esta noche. Nada que ver con la anterior. Solo silencio y respeto por los animales muertos a manos de los rebeldes. Comparto mi cena con *Kendy*, que está sentado encima de mis rodillas como si de un hijo se tratara. Cantan varias canciones a sus dioses y a la naturaleza, y al acabar cada uno empieza a irse a su choza a dormir. Nasha se va con sus primos y me da las buenas noches con un fuerte abrazo.

—Buenas noches, princesa.

Sirhan y yo nos quedamos un rato más contemplando el cielo. No se ve ninguna estrella, incluso el cielo parece estar de luto.

—Qué noche tan triste…

—Sí… Pero que el cielo esté nublado esta noche no significa que hayan muerto las estrellas —me dice mientras miramos hacia arriba.

Saboreo sus bonitas palabras y una parte de mí sabe que tiene razón.

Nos quedamos en silencio un rato más tumbados encima de unas alfombras cerca de las antorchas; el pequeño gorila se acurruca a mi lado y se queda dormido. Huele a fuego y a selva. Oigo un ruido que capta mi atención no muy lejos y Sirhan se incorpora rápidamente.

—Parecen gorilas.

—¿Seguro? —pregunto con un nudo en el estómago, alerta de nuevo rezando por que no sea otro ataque.

—Espérame aquí.

—No te vayas, Sirhan —le ruego asustada por quedarme ahí sola.

—No, tranquila, voy a pedir a un par de hombres que nos acompañen a ver.

—Vale. —Abrazo fuerte a *Kendy* contra mi pecho y le susurro que todo irá bien.

Observo cómo Sirhan se acerca a un grupo de jóvenes que aún no se han acostado y les señala en dirección al ruido. Se oyen ramas romperse y hojas moviéndose.

—Voy a ver si son gorilas. Entra y espera en la cabaña con el pequeño.

—No, voy contigo.

—¡No!

—¡Síii! —replico seria y segura de querer ir con él. Sirhan suspira medio alzando los brazos.

—¡Como quieras! —Por primera vez, cede él.

Una parte de mí me dice que si son un grupo de gorilas, lo correcto es dejar a *Kendy* que se vaya con ellos, no llevamos ni un día juntos, más adelante será imposible. Pero cada vez que lo miro a los ojos siento más amor y me es más difícil despegarme de él. Sé que la cautividad no es la vida que merece vivir y también sé que a la larga, cuando ya no sea un bebé, será perjudicial para él. Lo mejor es devolverlo a la selva y que viva salvaje y libre con los de su especie.

Nos adentramos sigilosamente entre las altas ramas. Está más oscuro que nunca pero nos ayudamos con una antorcha. Apenas avanzamos diez metros y diviso lo que parece un pequeño grupo de gorilas. El pequeño ni se inmuta, solo se agarra a mi espalda con fuerza.

—Quiero dejarlo con ellos —balbuceo sin pensar, conteniendo la emoción.

—Es la decisión correcta.

—¿Cómo lo hago? No me suelta.

—Está bien. Tienes que tumbarte y hacerte la muerta, como su madre, así él irá con los demás por supervivencia.

Tras todo el día juntos y abrazados, me da tanta pena soltarme de él y que corra peligro que entre lágrimas y a duras penas camino hacia el grupo de gorilas. Al ver a las crías jugueteando en un árbol, comprendo que no debo ser egoísta y que debo dejarlo ir. Camino sola hacia ellos, los demás se quedan atrás escondidos para no asustar a los animales.

Cuando estoy a casi tres metros, me siento y le doy un fuerte abrazo; acto seguido lo suelto y me tumbo boca abajo. Miedo, frío y vacío es todo lo que siento. *Kendy* me mira y emite su típico chillido para que me levante y le haga caso. Me coge una mano y tira de mí. Con la cara apoyada en la tierra y los ojos cerrados, siento mi corazón partirse en mil pedazos. No quiero que sufra. Solo llevamos juntos un día pero parece que sea mucho más.

Sirhan, a distancia junto a los dos chicos, velan por mi seguridad. El gorila, al ver que no le hago caso se enfada y empieza a gritar y a zarandearme con más y más fuerza. Sus chillidos atraen a los demás bebés, que parecen reconocerlo y se acercan para jugar con él. Me muerdo el labio para no llorar, moverme o abrazarlo. El pequeño los mira y hace un ademán de acercarse. Los demás vienen directos hasta mí y, tras ver que no soy un peligro, empiezan a dar volteretas y a tirar del pequeño. Parecen conocerse, pues *Kendy* se relaja. Probablemente fueran del mismo grupo. Tras diez minutos de juegos, una gorila adulta se acerca y se me detiene el corazón. Apenas veo nada. Podría matarme sin esfuerzo, tiene mucha fuerza y solo con agarrarme del brazo podría partírmelo. Sigo tumbada en el suelo. Cada vez está más cerca y deseo que se vayan rápido. Ella coge a uno de los gorilas y los otros dos, incluidos mi pequeño, la siguen sin mirar atrás. Veo cómo se aleja con los suyos como si yo nunca hubiera existido y las lágrimas se me desbordan. Lo veo alejarse y mi emoción es cada vez más intensa.

He logrado que tenga el futuro que merece. Acabo de salvarle la vida a un gorila y acabo de descubrir lo que se siente. Cierro los ojos por un segundo antes de levantarme y tomo aire lentamente. Mamá.

7

Volvemos al poblado sin prisa. Sirhan sabe que necesito asimilar lo ocurrido y no dice nada en todo el camino de vuelta.

Los otros dos chicos hablan entre ellos pero, como es evidente, no entiendo nada ni me interesa.

Al llegar nos dirigimos a nuestra choza. Necesito dormir y olvidar el día de hoy. Sirhan se unta el ungüento en el brazo y me hace un gesto para que me deje curar la pierna. Me aplica el mejunje pringoso y empieza a preparar un baño caliente. En el fondo de la choza hay un barreño grande de forma ovalada que recuerda a las antiguas bañeras de piedra. Sirhan calienta agua en un fuego improvisado fuera de la cabaña y yo me tumbo hasta que el agua está lista.

Tras veinte minutos, la bañera está llena de agua humeante y Sirhan me invita a meterme con él. Me desnudo y me hundo en el agua caliente. Limpiamos la mezcla de nuestras heridas y el agua acaba oliendo a especias. Me acurruco en su pecho mientras me abraza por detrás. Apoyo la cabeza en su hombro y vuelvo a sentirme segura. Como si me leyera el pensamiento, me pregunta:

—¿Tienes miedo?

—Justamente estaba pensando en eso. —Me giro un poco para verle la cara—. Debería tenerlo, pero me haces sentir a salvo.

Sirhan asiente y me besa el cuello.

—Estás a salvo conmigo —me susurra mientras me acaricia con la yema de los dedos los hombros en pequeños círculos—. Hoy has sido muy valiente. No pareces la chica que se subió a mi helicóptero hace tres días.

Su reflexión me da que pensar y me quedo callada. Con los ojos cerrados, sintiendo el calor del agua y de su piel en todo mi ser.

—¿Sabes? Me has hecho replantearme muchas cosas...

—¿Yo a ti?

—Sí. Antes de conocerte pensaba que las mujeres eran todas iguales, que actuaban igual, que pensaban igual. Ya te conté que aquí las tradiciones y la cultura están muy arraigadas.

—Sí...

—Pero tú eres como de otro mundo. El modo en que hablas, cómo te mueves, cómo vistes, cómo te desatas, te dejas llevar, te rebelas, tomas decisiones, no me obedeces...

Estallo a reír.

—Desde luego que eso último no.

—No te rías de mí —me suelta mientras me dedica un suave mordisco en el hombro.

—En mi país hace ya muchos años que las mujeres dejaron de comportarse así. Ahora somos autosuficientes y no dependemos de un hombre para vivir. Casarse ya no es algo primordial y, desde luego, tener hijos mucho menos.

—Me cuesta entenderlo.

—Ya imagino...

—Pero me gusta. Debo admitir que en algunos momentos me enfurece tu forma de ser, pero me parece sexi y tentador que seas tan libre.

—Nunca nadie me lo había dicho así.

—Ni a mí me habían hecho enfadar y desobedecido tanto como tú.

—Pues acostúmbrate, porque aún nos queda un buen rato de camino.

—Sí, ya veo que no me queda otro remedio.

Me sonríe. Me vuelvo hacia él y nos besamos, esta vez con ternura, con tristeza y con respeto por todo lo que ha ocurrido hoy. Me acurruco ahora de cara a él y me quedo adormilada hasta que el agua se enfría.

Al día siguiente amanece como de costumbre. El canto de los gallos me despierta y todo parece haber vuelto a la normalidad, salvo por algunos desperfectos. Las mujeres cocinan junto al fuego y los hombres charlan tranquilamente en la zona de reunión, donde siempre comen todos juntos. Me acerco a las mujeres para colaborar en sus quehaceres y respetar sus tradiciones, y Sirhan vuelve a venir con nosotras. Les dice a las mujeres que quiere ayudarlas y, aunque muchas se muestran sorprendidas, parece que les gusta la idea. Le piden que machaque unos ajos mientras las demás cortamos todo tipo de verduras. Me extraña que Sirhan sea tan diferente al resto de africanos en ese aspecto, pero me gusta.

Reparo en que una de las mujeres, que debe tener unos sesenta años, me mira de un modo extraño. Como si tratara de adivinar un acertijo. Le sonrío con amabilidad algo incómoda. Y se acerca a decirme algo que no puedo entender.

—No comprendo, disculpe. —Miro a Sirhan, que está avivando el fuego a nuestro lado para poner las ollas, para que me traduzca lo que dice.

La mujer repite la frase exactamente con las mismas

palabras, pero esta vez más segura de sí misma. Sirhan entorna la mirada; ha tenido que captar el mensaje, pero duda antes de contarme lo que dice.

—¿Qué pasa? —insisto al ver la cara extraña de Sirvan.

—Dice que tienes sus ojos.

—¿Qué ojos?

Sirhan le pide a la señora que se explique mejor y niega con la cabeza una vez tras otra mientras ella habla.

—Tradúceme palabra por palabra, por favor. —Me entra mucha curiosidad.

La mujer no para de hablar y de señalar los árboles a lo lejos.

—Dice que tienes los ojos de la mujer de la selva, que vive en un poblado nómada a no muchos días de aquí. —Sirhan traga saliva y yo siento un nudo en la garganta—. Isla, no sé si lo que dice esta mujer es verdad o no... Pero si lo es, creo que está hablando de... tu...

—De mi madre —acabo la frase por él.

—No sé, es demasiado extraño. Tu padre lo sabría.

—Pregúntale si sabe su nombre, si se llamaba Ashia.

Sirhan traduce lo que le pido, pero la mujer niega antes de volver a hablar. Yo la atiendo como si comprendiera su idioma y me muero de impaciencia hasta que llega la traducción de Sirhan.

—Dice que hace unos veinte años la mujer estaba atendiendo a los heridos de su poblado cuando entraron los rebeldes. Al descubrirla y ver lo útil que era, la cogieron entre dos y se la llevaron. La recuerda perfectamente porque es la única mujer blanca que ha visto en la vida. Durante todos estos años la ha visto dos veces más. Una vez, en el río recogiendo agua, y la otra, mientras buscaba frutos en el bosque. La vio sentada en una hamaca a lo lejos, en un campamento móvil.

Los ojos me arden y soy incapaz de articular ni un solo sonido. Si lo que cuenta esta mujer es real, mi madre sigue viva, y lo que es peor, es rehén de esos salvajes asesinos y lleva toda su vida viviendo un infierno. Me vienen mil cosas a la cabeza, la ira se apodera de mí.

—Isla... Lo que dice esta mujer tiene sentido, podría ser. Secuestran a mujeres para que sean sus esposas y..., bueno, el caso es que si tu madre desapareció y nunca hallaron el cuerpo...

—Vamos a buscarla. —Me levanto de un salto sin tener ni idea de cuál es el siguiente paso.

—Isla, siéntate. —Me coge del brazo y me obliga a sentarme con fuerza—. No seas insensata. ¿Quieres que nos maten?

—¿No vamos a hacer nada? Podría ser mi madre.

—Yo no he dicho que no vayamos a hacer nada. Cálmate y no empieces con tus manías. —Le noto tenso—. Las cosas son más difíciles de lo que tú crees. Tienes que hacerme caso. Eres demasiado testaruda y eso podría matarnos. Déjame que averigüe de qué poblado se trata para saber a qué nos enfrentamos. No te aseguro nada, pero podemos intentar buscarlos y ver si se trata realmente de tu madre.

Sus palabras me calman aunque empiezo a ponerme muy nerviosa e inquieta. Quiero irme, quiero encontrarla, quiero volver junto a mi padre y contarle todo.

—¿No sería mejor localizar a mi padre y con su ayuda buscarla?

—Ese es el problema. Que aún ni siquiera sabemos cómo llegar hasta tu padre. Voy a hablar con el hombre que hace de guía con los turistas a ver qué puede decirme. Llegó anoche. Come, serénate y luego te cuento.

Me alegra que haya vuelto el padre de Nasha al fin. No la he visto desde ayer, debe de estar con él. Veo alejarse a

Sirhan y trato de tranquilizarme; nerviosa no solucionaré nada. La mujer mayor se ha ido y me siento impotente por no poder comunicarme con ellas. Sigo cocinando con la mente ya en otra parte.

La comida de hoy está deliciosa también, aunque soy incapaz de comer mucho. Al acabar me dirijo a la choza y me tumbo un rato para intentar no pensar. Despierto un par de horas más tarde y encuentro a Sirhan a mi lado escribiendo en una libreta vieja y rota.

—Hola —me susurra—. Llevas un buen rato durmiendo, ya son las siete. Están cenando.

—No tengo hambre.

—Lo imaginaba… Tengo una idea.

—¿Qué? —Me desperezo mientras espero que me sorprenda.

—Vamos a intentar llegar hasta el poblado donde podría estar tu madre con la ayuda del guía. Le he prometido una gran cantidad de comida a cambio. La pagarás tú —bromea sin sonreír—. Nos ayudará a localizar a los grupos de rebeldes, podría estar con uno de ellos. Él sabe más o menos por dónde se mueven. Pero hay que salir mañana, en pocos días empiezan las lluvias y quiere estar de vuelta.

—Genial —afirmo sin ser consciente de lo que acabamos de decidir.

Abandonar el poblado para volver a adentrarnos en la selva, la inseguridad, el peligro, y por si fuera poco, rumbo a los grupos más peligrosos del Congo. Por un instante dudo y me entran ganas de decirle a Sirhan que no hace falta arriesgar nuestras vidas, que mejor busquemos el modo de encontrar el campamento de mi padre, pero la intriga me puede y decido no decir nada.

Al parecer, el que será nuestro guía sabe cómo llegar al orfanato de gorilas de mi padre también; eso me tranquiliza bastante, aunque Sirhan me ha contado que le ha dicho que es un camino largo y arriesgado. Unos seis días de travesía. Con suerte, si no llueve. Sirhan me trae algo de comida y antes de acostarme de nuevo tonteo con la cena. Me tumbo y me quedo dormida.

8

$\mathcal{M}$e despierto antes de que salga el sol. Sirhan duerme desnudo a mi lado y con su brazo rodea mi cintura. Lo miro un segundo y reparo en que no hemos vuelto a hacer el amor después de la noche en la cascada. Me pregunto si significó algo para él o si fue sexo sin más. Contemplo su rostro; ayer se afeitó la barba y ahora su cara se ve despejada y luce más joven. Tiene una belleza exótica que embobaría a cualquiera. Lo despierto con delicadeza para preguntarle a qué hora partimos.

—Cuando salga el sol —murmura adormilado.

Observo su cuerpo, perfecto, sin ropa, su piel oscura, tersa y suave, y soy consciente de que han empezado a brotar en mí sentimientos hacia él. Ahora mismo no podría irme sin más. Algo ha cambiado. Sé que me gusta. Pero hay algo más. Algo ha ocurrido. Me quedo un minuto más mirándolo, sin que él se dé cuenta. Y dejando a mi mente imaginar qué ocurriría si lo nuestro llegara a ser algo más. Hoy me siento nostálgica y un tanto triste. Dejar atrás este poblado que me ha cambiado me entristece.

Me levanto y salgo de la choza para contemplar el amanecer. Ya hay un poco de luz, el sol empieza a emerger entre el denso bosque. No hay nadie fuera aún, la temperatura es perfecta. Me siento en la puerta de nuestra cabaña y reflexiono sobre los últimos días. Nada de lo que creía, esperaba o imaginaba está ocurriendo. Todo es tan surrealista, tan increíble. Pienso en Narel y mis tíos en Australia; deben estar muy preocupados. Deseo con todas mis fuerzas encontrar a los rebeldes, averiguar si se trata de mi madre y darle a mi padre la mayor sorpresa de su vida. Una parte de mí cree que es posible, que podría ser ella. Que tiene sentido. Nunca he sido mística ni espiritual, mucho menos religiosa, pero empiezo a pensar que mi viaje a África no ha sido en vano, que tiene un sentido. El accidente, Sirhan, encontrar este poblado. Quizá todo esto era necesario para llegar hasta ella. Pero ¿y si no es ella? O aún peor, ¿y si lo es y está con ellos? Me refiero de manera voluntaria, si forma parte del grupo de los rebeldes después de tantos años. Quizá tiene hijos con alguno de ellos. Quizá rehízo su vida al fin y al cabo, con lo poco que le ofrecían. Me invade un miedo atroz a saber la verdad, a salir de mi área de confort. A conocer a una madre que no me guste, que no sea como siempre he imaginado. A pesar de mis rencores, siempre he pensado en ella como un ser especial, bondadoso y compasivo.

Mi padre incluso, ¿qué sería de él si descubriera que su amada mujer vive con los culpables de las guerrillas? No puedo parar de imaginar cosas sin sentido.

Todo está conectado, todo parece tener un significado, como el modo en que se entrelazan los árboles por debajo de la tierra con sus raíces. No se aprecia a simple vista, pero no por ello deja de ser real.

Hace mucho viento, una espesa niebla baila entre los árboles a lo lejos. Contemplo los altos troncos, majestuosos ante mí, la humedad del lugar, las ramas emergiendo como si tocaran el cielo o casi, la inmensidad de vida salvaje que habita en estas tierras, cerca de este río. El color verde intenso que tiñe todo en esta región. Mientras contemplo la niebla lejana recuerdo el estudio científico que analicé para una de mis asignaturas del posgrado: en él se afirmaba que los árboles están conectados entre sí. Como parecen estarlo los hilos de mi historia.

Ese estudio me dio mucho que pensar y cambió mi modo de contemplar la naturaleza. Una científica canadiense afirmaba que, tras muchos experimentos, descubrió una red subterránea de hongos que conectan los árboles y plantas de un ecosistema. A través de esta simbiosis, las plantas pueden contribuir al desarrollo y crecimiento mutuo y ayudar a los diferentes ejemplares del bosque. La observación microscópica reveló que los árboles pueden intercambiar carbono, agua y nutrientes en función de sus necesidades. Me pareció asombroso que en un inmenso bosque, cuando un árbol enferma, otro pueda pasarle a través de las raíces bajo tierra los nutrientes que necesita para sobrevivir. Todas sus raíces están conectadas entre sí como lo hacen nuestras neuronas en el cerebro. Me parece uno de los descubrimientos más reveladores sobre el mundo vegetal.

Me levanto y me dirijo hacia un árbol grandioso que hay enfrente de mí. Poso mi mano en su corteza y cierro los ojos. Tomo aire y acaricio el tronco sintiendo su rugosa corteza bajo mis dedos. El canto de los pájaros y el viento azotando las ramas es todo lo que oigo. Huele a tierra mojada. Intento sentir su conexión, la de la tierra. Lo abrazo. Todos los seres vivos somos energía. Todo en el universo es energía. Todo tiene unas hondas vibratorias de más o menos intensidad.

Aún recuerdo el día en que una de mis profesoras favoritas de la facultad nos llevó durante una semana a hacer su clase en medio del bosque. Todo lo que hicimos durante las horas de clase de esa semana fue abrazar árboles. Nos pidió que abrazáramos tantos árboles como quisiéramos, que camináramos entre ellos, que los tocáramos. Teníamos una hora al día para hacerlo. Al principio me pareció absurdo, incluso ridículo, pero al tercer día ya sentía tanta paz que no quería que acabara. La profesora nos demostró que las vibraciones de los árboles, la energía que utilizan para hacer la fotosíntesis y demás procesos naturales desprende unas vibraciones beneficiosas para la salud. Al igual que ver una pelea en plena calle desencadena un nivel de vibraciones que nos crea malestar, el mismo que al contemplar un accidente, oír gritos..., todo nos contagia energía. En este caso, los árboles son una fuente de energía positiva y de paz. No solo eso, sino que también canalizan la energía que captan y la descargan a través de las raíces en el suelo. Sería algo similar a la toma de tierra de un circuito eléctrico, ese cable que se emplea en las instalaciones eléctricas para llevar a tierra cualquier derivación indebida de la corriente eléctrica cuando hay una subida de tensión o similar. Lo mismo hacen los árboles con las energías ajenas a ellos que captan del exterior.

El árbol, como todo ser vivo, capta esta energía pero, en vez de quedársela como hacemos las personas, que podemos contagiarnos de la energía de otras personas, él sirve como canal y la descarga en la tierra, ayudándonos así a liberar tensiones y otras energías negativas. Por eso, tras abrazar un árbol durante el rato suficiente, nos sentimos tan relajados. Otro gran descubrimiento de la ciencia a mi parecer.

Trato de liberarme de todo lo malo vivido estos días. Lentamente abro los ojos y me doy la vuelta con suavidad para volver a la cabaña cuando descubro a Sirhan mirándome.

—Ven —le pido.

—Buenos días. —Se acerca con paso firme y lo beso por sorpresa.

—Hola. —Le sonrío y lo vuelvo a besar en los labios.

—Pon tu mano en el árbol. Está vivo.

Lo hace sin vacilar. Me dedica una mirada amable.

—Todo está vivo aquí en la selva, pequeña —me dice mientras toca el árbol.

Me abraza y me siento nuevamente en paz. Nos dirigimos a la cabaña mientras me cuenta que finalmente el guía no vendrá con nosotros pero que le ha detallado la ruta para llegar al campamento de los rebeldes. Entiendo la decisión del padre de Nasha, pues yo también querría estar con mis hijos después del ataque del otro día. Una vez encontremos el campamento, podremos seguir luego por un camino que lleva a la población civilizada más cercana. Parece que Sirhan tiene claras las indicaciones, incluso se ha hecho un mapa en el cual lo único que logro descifrar es el río Congo. Nuestras heridas ya están curadas y por fin empezamos a preparar el equipaje para seguir nuestro camino.

Nasha corre hacia mí y me abraza tan fuerte que me hace daño.

—Prométeme que serás muy valiente siempre —le pido.

—Te lo prometo. Id con cuidado, mi padre dice que se avecinan lluvias.

—Ojalá la lluvia fuera nuestro único enemigo —le dice Sirhan antes de cogerla en brazos y despedirse de ella también.

—No os veré nunca más, ¿verdad? Mi padre dice que os vais para no volver.

Su pregunta me deja pensativa.

—No lo sé, tengo que encontrar ahora yo a mi padre y no puedo prometerte que volvamos a vernos —le digo tocándole el pelo mientras ella acaricia el mío—. Pero pensaré en ti durante todo el viaje para ser tan valiente como tú y querer tanto a los animales como lo haces.

—Vale —me contesta y se zafa de los brazos de Sirhan para ofrecerme una piedra—. Te dará suerte.

Le agradezco el detalle y le regalo una pulsera que llevo siempre puesta. Le hace mucha ilusión pues nunca ha visto ninguna parecida. La beso con ternura y la acompaño junto a su padre, que nos da las últimas indicaciones. Siento mucho cariño por esta gente y por el modo en que nos han tratado y creo que nunca podré agradecérselo lo suficiente. Una parte de mi corazón se quedará con ellos para siempre. Han sido una pequeña familia para mí los tres días que hemos pasado con ellos. Me siento bendecida.

Sirhan les da las gracias a todos los habitantes del poblado de parte de los dos y nos ponemos en marcha antes de que se haga más tarde. Nunca olvidaré este lugar, las llamas de sus antorchas, su música, su bebida, su comida y su gente. Nos han proporcionado un par de armas, dos cuencos con agua atados en unas cuerdas y algo de comida para pasar un par de días. Y sin mirar atrás, emprendemos nuestro nuevo camino.

9

*T*ras tres horas de andar entre árboles altísimos, llegamos a un gran claro. Parece que hemos salido del espeso bosque, ahora vemos una gran pradera llena de hierba tan alta que nos llega por las rodillas. Agradezco haber salido de la sombra y que el sol por fin nos acaricie el rostro. Sirhan abre camino con el machete que nos han dado y eso nos permite avanzar con más rapidez que antes.

—¿Estás cansada?

—Bueno, quiero llegar rápido.

—Ya somos dos.

—No paro de darle vueltas al hecho de que mi madre pueda estar viva.

—Más vale que lo esté, porque dirigirnos directos a la boca del lobo es una locura.

—Lo sé… Y te lo agradezco, de veras.

—Nada. Solo te pido que si encontramos el campamento, me hagas caso. Y no seas tan impulsiva como siempre.

—¿Otra vez con el tema? —bromeo esta vez con cariño.

Sirhan da un paso hacia delante y me agarra por sorpresa. Me da la vuelta y me coloca de espaldas a él, como si fuera su rehén. No puedo negar que me excita.

—No bromees, pequeña, o tendré que castigarte como

la otra vez —me susurra al oído jugando y me da un beso.

—Sí, señor —susurro con los ojos cerrados sintiendo su aliento en el lóbulo de la oreja.

—No puedo dejar de pensar en tu cuerpo.

—¿En serio?

—Tan en serio como que creo que este viaje es una locura.

—Pues aquí no parece haber nadie a quien le moleste que vuelvas a verlo —le contesto en un tono picante que me sorprende a mí misma.

Me doy la vuelta y lo beso en los labios mientras él suelta el machete y las bolsas y me sube a sus caderas. Empezamos a besarnos con la pasión que nos caracteriza. En medio de esta inmensa llanura, Sirhan me tumba y quedamos ocultos entre la alta hierba. Imposible que nadie nos vea. Lo aparto suavemente para que me deje salir de debajo de su cuerpo y él se tumba en mi lugar. Me siento encima de sus caderas y trato de tomar el control de la situación. Algo que parece imposible con él. Le sujeto las manos contra el suelo y empiezo a besarle el cuello, su piel es diferente a cualquier piel que haya besado. No tiene vello. Huele a hierbas por el mejunje que nos han puesto en las heridas estos días. Recorro la herida ya casi curada con la yema de mis dedos, con suma delicadeza, y se la beso.

Sirhan me agarra para que me acerque a él y con sus manos me empuja para que me mueva sutilmente sobre sus caderas, rozándome con su miembro como si estuviéramos haciendo el amor. Hace calor. Cada vez me muevo con más fuerza sobre él, rozándome más y más, y siento que si no me detengo, llego al orgasmo antes de lo esperado.

—No te contengas —me susurra al darse cuenta de que he bajado el ritmo.

—Si no lo hago, me corro ahora mismo.

—Hazlo, pues.

Como si sus palabras fueran el pistoletazo de salida de una carrera, empiezo a moverme con fuerza de nuevo y alcanzo el orgasmo en pocos minutos. Solo rozándome con él. Al verme gemir, se excita y me desnuda. Siento su penetración cuando aún estoy gozando de mi orgasmo. Me mueve con sus manos con tanta fuerza que apenas tengo que esforzarme. Se sienta y me quedo sentada encima de él. Hacemos el amor con fuerza sin dejar de besarnos, acariciarnos y susurrarnos cosas al oído. Me agarra del pelo una vez más y mi excitación aumenta. Jadeo con fuerza, como si rugiera. Me coge del trasero y me empuja tan fuerte hacia él que siento que voy a correrme otra vez. Sale rápido de mi interior y llega al orgasmo mientras yo me quedo con ganas de más.

Una vez acaba, se tumba para respirar y yo vuelvo a subirme encima de él y su precioso cuerpo y le suplico que vuelva a hacerme suya. Me mira, se ríe y me acaricia mis partes con delicadeza con sus dedos. Me tumbo a su lado, ambos mirando el sol que nos ciega, él aún jadeando y acariciando mis labios, cuando sin que yo me dé cuenta hunde sus dedos en mí y me hace estallar de nuevo. Me aferro a la hierba con fuerza pues no aguanto tanto placer. Mis pechos, duros, dorados por el sol, los ojos entrecerrados por la luz y un nuevo orgasmo que se presenta como una ola de placer interminable. Vuelvo a gemir con fuerza mientras él aún se estremece.

Suspira y me mira fijamente, aún uno al lado del otro medio desnudos.

—¿Qué? —le pregunto con curiosidad.

—Que jamás creí que pudiera sentir esto.

Me doy la vuelta y me quedo boca abajo, medio incorporada, mirándolo a los ojos.

—¿Sentir qué?

—No sé, esto, tanta pasión, las ganas locas de besarte, de hacerte mía.

—Parece algo puramente sexual.

—¡Y una mierda! Es algo más. Solo pensar que pueda pasarte algo me enloquece. Quiero protegerte, por encima incluso de hacerte el amor. Quiero que sonrías, que no te quejes nunca más. Que no pases frío ni hambre.

Sus palabras me parecen tan sinceras y primarias... Que no pase frío ni hambre, en ningún otro contexto nadie me diría algo así. Le preocupan cosas vitales, tales como la comida, la seguridad. Me enternece saberlo.

Lo miro detenidamente; nunca pensé que este hombre pudiera pronunciar estas palabras y mucho menos por mí. Parece que tiene sentimientos hacia mí, parece que esto es algo más que sexo entre dos desconocidos.

—No es como acostarme con otras. Ya te lo dije. No sé explicarme, pero es algo más. Siento algo en el pecho que me estalla cada vez que me rozas. Y una parte muy egoísta de mí no quiere llegar nunca al poblado de tu padre para no perderte.

Abro los ojos de par en par. Sirhan dirige su mirada al cielo y yo me quedo embobada mirándolo. ¿Cómo pude no haber reparado en su belleza nada más verlo? En sus rasgos pronunciados, su boca, sus pestañas, su mandíbula masculina y atractiva. Es guapo, varonil y, ahora, dulce. Una nueva faceta. No para de sorprenderme.

—Sirhan...

—No hace falta que digas nada. No sé qué me pasa.

—Pues parece que es muy obvio... —le digo sonriendo mientras me acurruco en sus brazos.

—Será eso...

—Sí, es que nunca habías visto una blanca tú tampoco.

—Cállate, anda —me dice y se ríe.

Lo beso y nos quedamos unos minutos tumbados antes de seguir caminando.

—No nos educan para tener estos sentimientos. Al contrario. Tenerlos es de débiles.

—Pues no es así. Conmigo quiero que los tengas —le pido sin tener muy clara cuál es mi intención.

—Me estás cambiando, Isla. Y me da miedo.

—Tú a mí también.

Nos volvemos a poner en camino tras el dulce momento. Avanzamos por la hierba y entre la maleza, paramos a comer, a beber, y seguimos caminando. Vemos una manada de elefantes cruzando el río desde una colina. Majestuosos. Me quedo embelesada contemplando a esos seres salvajes tan grandes. Sé que soy afortunada de estar viviendo estas experiencias aunque esté resultando duro.

El sol empieza a caer tras ocho horas de ruta. Sirhan contempla el cielo y luego el mapa y me cuenta que no podemos estar mucho más lejos. Empezamos a preparar la cama juntos, con grandes hojas, y la hoguera para ahuyentar a los animales, y esta vez lo hacemos juntos.

Tumbados boca arriba contemplando el manto de estrellas al que ya me he vuelto adicta, le pido que me explique cómo se orienta con las estrellas.

—Creo que es algo innato, algo que sabemos hacer desde pequeños. Solo hay que contemplar el cielo. Y sentirlo.

—Yo lo hago, pero no veo más que belleza.

—Las estrellas siempre han estado aquí para guiarnos. ¿Recuerdas los tambores la primera noche en el poblado?

—Por supuesto… Cómo no acordarme.

—Los sentías latir en tu interior, en tu vientre. Cuando bailábamos, cuando te contoneabas sexi a su ritmo.

—No hubiera sabido expresarlo mejor.

Sirhan me acaricia el estómago y con sus dedos hace el

ritmo de un tambor. Como si mi cuerpo fuera un instrumento y siento el *pum pum* en mi vientre.

—Permítete sentir cómo late el ritmo en tu interior —me dice mientras sigue marcando el ritmo en mi estómago, lo siento sin necesidad de oírlo—. Algo similar ocurre con las estrellas. Brillan, parpadean, laten. Están ahí marcándonos el camino. Solo hay que buscar las constelaciones. Nos encontramos en el hemisferio sur, así que debemos buscar la Cruz del Sur, una constelación con forma de cometa. —Me señala un conjunto de estrellas—. ¿La ves ahí?

La distingo brillando encima de nuestras cabezas.

—Si prolongamos la longitud de la cometa unas cuatro veces, el punto imaginario que localicemos indicará siempre el sur.

Trato de hacer lo que dice y señalo hacia donde creo haber encontrado el sur.

—Exacto, eso es.

—¡He encontrado el sur! —balbuceo emocionada.

—Sí, estás hecha una experta —me dice mientras me mira embobado.

Vuelvo mi vista al cielo. Algunas parpadean con su radiante luz al mismo ritmo que Sirhan golpea con sus dedos mi vientre. Y ocurre. Lo entiendo, entiendo a lo que se refiere con sentir el latir de las estrellas. Hay tantas que abruma, parpadeantes en el cielo negro infinito. Hoy que no se ve la luna, brillan con más fuerza que nunca.

—El poblado en el que fue vista tu madre está hacia el suroeste. Cada noche calibro el mapa según lo cerca que estamos de ella.

—Es increíble. Yo sé guiarme por el sol. Aunque no tiene mucho misterio. Amanece por el este y se pone por el oeste.

—Sí, según por donde amanece, también me guío incluso por la luna —admite y me besa dulcemente los labios.

109

—Sí, eso también lo sabía. Cuando está en creciente, las puntas señalan siempre hacia el este y cuando está en menguante, hacia el oeste, ¿verdad? En increíble el modo en que vivís conectados a la naturaleza.

—Sí, así es, pues sabes más que el resto de turistas. Para nosotros es lo normal. Siempre hemos vivido así. De pequeño, antes de que mi madre muriera, mi padre solía traernos al poblado en el que nació para enseñarnos sus raíces.

—No sabía que tu madre estuviera muerta —confieso con tristeza.

—Fue hace muchísimo tiempo. Apenas tenía tres años. No la recuerdo. Tras su muerte, nos instalamos en el poblado de mi padre y ahí crecí.

—Es todo tan diferente… a la vida que he llevado, repleta de comodidades. Mi madre quería esto para mí.

—Imagino que quería que supieras lo que es vivir como nosotros. Pero yo creo que has tenido una vida más tranquila en Australia.

—Sí, eso sí es cierto. Pero no sé, me da la sensación de que me he perdido algo. Algo importante. Una parte de mí. Esa parte africana que, quiera o no, llevo en las venas.

—Lo estás viviendo ahora. En cierto modo.

—Sí, supongo…

Y nos dormimos abrazados cada uno pensando en sus cosas. Mirando el cielo.

10

*L*os siguientes tres días los pasamos andando sin parar. Después de tantos kilómetros tengo la sensación de estar avanzando en círculos. Ya tendríamos que haber llegado. Ya no sé si vamos en la dirección correcta o si nos alejamos del destino. Estos últimos días han sido agotadores, caminando sin pausa durante toda la jornada diurna y después, noches de pasión al lado de las brasas. Cada vez estamos más unidos, más amigos, y cada vez me resulta más irresistible la idea de seguir a su lado. Ahora sí que han cambiado todos mis planes. Cada vez amo más esta tierra que me está haciendo suya, su clima, su aire, sus olores. A pesar de lo duro que está siendo todo. Ya no siento inseguridades respecto a nada, tengo las cosas claras, sin dudas.

Ambos sabemos que se nos acaban las provisiones si no encontramos pronto un poblado que esté cerca de un mercado. Según Sirhan, nos estamos acercando a la zona donde ya por fin hay población normal, con comunicación con el exterior. Me dice que lo ideal será pasar primero por un poblado a comprar comida, localizar a mi padre y dormir un par de noches. Luego, con la ayuda de más hombres, buscar el campamento de mi madre, ya que tras cuatro días ha sido imposible localizarlo por nuestra cuenta.

Me siento cansada y decepcionada. Aunque cada vez la idea se me hace más real. Más real que esté viva y más real conocerla. Paramos en el río a asearnos y a beber un poco de agua cuando oímos un sonido a lo lejos que parece de motores de vehículo. Como si estuvieran parando muy cerca de donde estamos.

—¿Eso son *jeeps*? —pregunto con un halo de esperanza.

—Chiss. —Coloca un dedo sobre sus labios para indicarme que no haga ruido—. Podrían ser guerrilleros.

Inconscientemente, me pongo detrás de él, pues cada vez se oye más y más cerca, y le susurro:

—¿No crees que deberíamos averiguarlo por si acaso?

Un par de disparos rompen el silencio y por desgracia nos damos cuenta de que no son precisamente turistas.

—¡Joder! —grito.

—Son furtivos —me anuncia Sirhan.

—¿Están cazando gorilas?

—Probablemente están intentando capturar a las crías para venderlas. Les pagan mucho dinero por ello —dice enfurecido—. También arrancan las manos a las madres y las venden como ceniceros.

—¡Qué! ¿Son peligrosos?

—Sí, pero nada que ver con los rebeldes. Solo son locos desesperados a los que les importa una mierda la vida de los animales.

Cada vez oímos sus voces más cerca y entonces suena otro disparo y una fuerte sacudida en los árboles a escasos metros. Percibimos claramente cómo un peso muerto estalla contra el suelo junto a un chillido tan agudo que me eriza toda la piel en un escalofrío. No puedo evitarlo y salgo corriendo hacia donde provienen los gritos.

—¡ISLA, NOOO! —grita Sirhan detrás de mí, demasiado tarde para detenerme.

Corro entre la maleza como nunca en mi vida, una vez más poseída por algo que no reconozco en mí; solo pienso en salvar a esos gorilas, en que puede ser el pequeño *Ken-*

dy. No necesito apartar la maleza, salto por encima de ella hasta que llego a una zona donde hay tres gorilas muertos.

—¡Noo! ¡BASTAAA! —grito para que me oigan allá donde estén, al ver que no hay nadie a mi alrededor.

Sirhan llega detrás de mí jadeando tanto como yo. Vemos los *jeeps* vacíos e intuimos que están aquí mismo. Corremos hacia los gritos y lo que ven mis ojos es terrible. Tres gorilas, dos muertas y la otra agonizando, con un tajo sangrante en el cuello. Veo a cuatro hombres jóvenes con machetes y uno con un arma de fuego sacudiendo un árbol en el que hay una gorila con un bebé en brazos.

—¡¡HIJOS DE PUTAAAA!! ¡PARAAD! ¡BAAASTA! —Saco la valentía de donde nunca la tuve y me abalanzo sobre uno de ellos.

—¡Isla, joder! —grita Sirhan.

Acto seguido empieza a chillar a los furtivos en un idioma parecido al que hablaban en el aeropuerto. Les grita sin parar; parece estar diciéndoles cosas muy malas, pues los cuatro hombres se vuelven hacia él de golpe y ponen muy mala cara.

El hombre sobre el que me he abalanzado me saca de encima con un empujón y caigo al suelo con tanta violencia que creo que me he partido la espalda. Suelto un grito desgarrador, pero con la adrenalina vuelvo a ponerme de pie preparada para tirarme de nuevo encima de él. Antes de que me dé tiempo, Sirhan se abalanza sobre él y lo golpea con tanta ferocidad que lo deja en el suelo inmóvil en menos de treinta segundos. Sangra por la nariz y la boca mientras Sirhan lo golpea una vez tras otra sin parar.

Los otros hombres empiezan a chillarle y empieza una pelea verbal de la que no estoy entendiendo nada. Corro hacia la gorila herida y la abrazo, me tiende la mano, como si me conociera, como pidiendo ayuda; le duele, no para de gruñir. La abrazo y lloro, lloro desconsoladamente sin dar importancia a Sirhan ni a nadie más. Me mira a los ojos y con su mano me acaricia la cara. Sé que trata de decirme algo. Lo sé por los estudios de mi padre. Me siento tan impotente, tan furiosa. Quiero matar a estos hombres. Quiero salvar al gorila bebé y a su madre. Delante de mí siguen hablando a gritos. Sirhan, amenazante, saca su arma y todos sueltan los machetes y el rifle enseguida.

No sé qué les estará diciendo pero parece que le hacen caso. El que está herido se incorpora despacio mientras la gorila se va entre mis manos.

—No, por favor, pequeña, no, no te vayas... —le susurro empapada en lágrimas y un sudor tan frío que podría helarme.

Lo último que hace antes de irse es señalar el árbol, y entiendo que me está diciendo que salve al pequeño.

Corro hacia el árbol y veo cómo la bebé gorila grita intentando bajar. La gorila se abraza fuerte a una rama y nos mira tan aterrorizada que me parte el alma en dos.

—Preciosa, no te haré nada. Baja, pequeña —le pido aun sabiendo que no confía en mí.

Sirhan coge al hombre al que le ha dado la paliza y lo levanta de golpe, le da un empujón hacia donde están los *jeeps* y les señala algo. Me da la sensación de que está pidiéndoles que nos lleven en coche a algún lugar. Parecen mostrarle mucho respeto de repente y no entiendo nada.

—¡Nos vamos! —me grita Sirhan—. ¡Vamos!

—¡Nooo! Hay que comprobar que están bien —digo señalando a los gorilas que siguen en el árbol.

—Están bien, Isla, gracias a Dios. Vámonos ahora. Por-fa-vor —me pide educadamente para no entrar en otra discusión.

Por un momento uno de los hombres me mira y me entra tanta ira que no puedo evitar lanzarme sobre él presa del *shock*.

—¡CABRÓN! ¡TE VOY A MATAR, DESGRACIADO! —grito con todas mis fuerzas mientras lo golpeo torpemente por la espalda.

Sirhan me coge en brazos y me separa de él en menos de dos segundos.

—Ya está, Isla. ¡Basta! No volverán a cazar en su puta vida. Te lo aseguro.

Los hombres agachan la mirada y me sorprende su sumisión.

—Cinco gorilas han muerto para proteger a este bebé. No es justo. Los quiero matar. ¡No puedo soportarlo! —digo gritando entre llantos incapaz de aceptar tal situación.

Sirhan empieza a caminar agarrando por la camisa al que ha golpeado y de un empujón lo lanza hasta el vehículo. Vuelve a pronunciar algo en su idioma y nos subimos al coche con ellos. Llevan dos *jeeps*. Sirhan apunta con el arma al conductor y con el rifle que les ha quitado apunta al otro coche para que obedezcan. No tengo ganas de preguntar nada, ni siquiera me siento feliz por tener un *jeep* al fin. Solo quiero llorar y desaparecer y que paguen por lo que han hecho. Paso media hora en silencio hasta que empiezo a calmarme.

—¿Se puede saber dónde coño vamos?

—Isla, tienes que tranquilizarte ahora, ¿vale? Has vuelto a salvar a un bebé, ahora vamos a aprovecharnos de estos tíos. Nos van a acompañar al poblado de tu madre. Seremos más si vamos con ellos, con cinco hombres armados será más fácil entrar si se trata de rebeldes.

—¿Y por qué han accedido a ayudarnos estos desgraciados hijos de puta? —La rabia me invade y les dedico una cara de asco y desprecio.

—No les he dado opción. Les he dicho mi nombre de legionario y que los entregaré al Ejército. Los militares despellejan vivos a los furtivos. Están acojonados, créeme.

—Y no les habrás dicho que si nos ayudan los liberarás, ¿no?

—Sí, eso les he dicho.

—¡No, Sirhan, no! No pueden quedar libres, han matado muchos gorilas.

—Isla, necesito que confíes en mí, ¿vale? Pagarán por sus pecados, eso te lo aseguro yo. Los odio tanto como tú. O más, créeme. Esta es mi tierra.

—La mía también —contesto segura de mis palabras y la réplica me sorprende a mí misma.

—Genial, pues. Ahora, por favor, descansa un rato. Lo que ocurra cuando lleguemos al campamento será muy fuerte. Necesito que estés al cien por cien.

Intento descansar en el asiento trasero del *jeep*, en el que estoy sola, pero no puedo. Estos hombres me dan tanto asco que no logro relajarme. Los detesto y quiero que nos alejemos de ellos cuanto antes.

Tras tres horas de viaje, los dos todoterrenos se detienen detrás de unos árboles.

—Si mis cálculos no fallan, a una hora a pie tendría que estar el campamento de los rebeldes —comenta Sirhan mientras baja del vehículo y coge las bolsas con las armas.

Los furtivos balbucean algo a modo de queja pero Sirhan los hace callar con una frase escueta. Prefiero no saber que dicen, así que ni me molesto en preguntar. Sirhan me tiende la mano y empezamos a caminar de la mano detrás de ellos.

Ellos se encargan de ir abriendo camino con los machetes. Me sorprende el poder que tiene sobre ellos para conseguir que hagan todo lo que les manda. Lo miro un momento y su cara denota muchas emociones.

—¿Estás bien? —le pregunto.

Sirhan se detiene sin soltarme la mano.

—Quiero que sepas que esto es una locura. Nos estamos jugando la vida.

—Lo sé.

—Pase lo que pase, todo lo hago por ti. Necesito que lo sepas.

No me gusta el tono en que me está hablando. Me suena a despedida y eso no me gusta en absoluto.

—No quiero perderte —le confieso.

—Pase lo que pase, me obedecerás cuando lleguemos. Me da igual lo blanca, inteligente o cabezona que seas, ¿vale? Se trata de que sobrevivas.

—¿Y tú?

—Si logro que te reencuentres con tu madre, para mí habrá valido la pena lo que pueda pasar.

—Me estás asustando.

—No tengas miedo. —Me da un beso cálido y suave, y sé que se está despidiendo.

117

Cierro los ojos y le devuelvo el beso, nerviosa y asustada.

11

Seguimos avanzando durante media hora entre la maleza. Hasta que, a lo lejos, podemos intuir algo parecido a un poblado. Si son los rebeldes, significa que estamos en el lugar adecuado y a la vez que estamos bien jodidos. Porque será muy peligroso. Sirhan hace un gesto con la mano para que me detenga y le saca de mala gana los prismáticos a uno de los furtivos para ver con más claridad si se trata del poblado donde se supone que está mi madre. O al menos, donde fue vista por la señora mayor de la aldea.

Sirhan mira a un lado y a otro, y se detiene en un punto. Impaciente, no puedo evitar preguntarle qué ocurre.

—De acuerdo, Isla, vas a hacerme caso, ¿vale?

—¿Qué has visto?

—No. Antes dime que sí, que me harás caso. Porque nos conocemos ya...

—Sí, Sirhan, joder, ¡claro! ¿Qué?

—Coge los prismáticos y mira hacia allí. Pero antes prométeme que no saldrás corriendo.

Trago saliva pues imagino que trata de decirme que ha visto a mi madre.

—¿Es ella? —logro pronunciar.

—No me atrevería a afirmarlo.

El pulso empieza a temblarme de un modo casi incontrolable y se me hace un nudo en la garganta. Sujeto los prismáticos como puedo y, antes de acercármelos a los ojos, cojo aire y suspiro. Toda una vida de mentiras, mi madre podría seguir viva.

Sin saber si estoy preparada, miro por los prismáticos. La imagen es tan borrosa que no distinguiría un elefante a cien metros.

—No veo nada.

—Espera —me dice Sirhan mientras me muestra cómo enfocar—. Tienes que darle a la ruedecita hasta que esté nítido.

Pasan los diez segundos más largos de mi vida mientras trato de enfocar algo que no sea follaje. Entonces ocurre. Un hormigueo me recorre desde el dedo pequeño del pie hasta la nuca. Una mujer rubia, de espaldas, con una larga melena suelta está haciendo la colada, tiende ropa en una cuerda improvisada entre dos palmeras. Siento que el corazón se me detiene. Quiero que se dé la vuelta, necesito comprobar si es ella. Podría ser cualquier mujer rubia. Es improbable que sea ella, me repito una y otra vez. En ese momento se da la vuelta para coger otra prenda y alcanzo a ver sus rasgos. Se me caen los prismáticos al suelo y me tapo la boca para no chillar.

—No puede ser, no puede ser —repito de manera mecánica. La emoción sacude mi cuerpo.

—Hey, pequeña... —Sirhan me abraza—. ¿Estás bien?

—Es ella... Es ella.

—Sí, parece que sí. Una mujer rubia, de esa edad, en este poblado..., no hemos tenido noticia de ninguna otra. ¿Qué quieres hacer?

—No sé, de verdad que no lo sé. —Más nerviosa que nunca trato de pensar y en mi cabeza empieza una batalla de ideas y emociones imposible de refrenar y que me impide tomar una decisión cabal.

—Creo que lo mejor será que vaya yo —propone Sirhan.

—No, si son peligrosos, sabes que te pegarían un tiro. Iré yo.

—Ni hablar.

—Sirhan, escucha. —Trato de hacerme entender ahora que parece que he recuperado el habla y una dosis de razón—. Si ven a una mujer rubia, joven, harán cualquier cosa antes de pegarme un tiro, y si la cosa se pone fea, aquí estás tú y estos —digo con desprecio— para protegerme. Pero yo no optaría por la alternativa más arriesgada.

—Tienes razón, pero no quiero que te pase nada. Iré contigo.

—Huirán —le digo señalando a los furtivos.

Sirhan se vuelve a mirarlos y yo aprovecho para empezar a andar.

—¡Joder! Isla, otra vez... —Sirhan me maldice mientras avanzo entre las ramas.

Me detengo para tranquilizarlo y veo cómo prepara a los hombres para que apunten hacia el poblado. Avanzo los escasos metros que me separan de la mujer rubia y rezo por que sea ella de verdad.

A cada paso que doy, siento cómo mi mundo se tambalea, cómo todo lo vivido deja de tener sentido. Lo bueno de la espesa vegetación es que puedo esconderme hasta llegar muy cerca de ella. Me arrodillo detrás de unos matorrales y me quedo absorta mirándola.

Sin duda es ella. Vuelve a coger otra prenda de ropa para tenderla y me permite observar con más detalle su cara, ya casi distingo sus ojos. Soy un remolino de emociones. Es como ver a un fantasma. Su pelo es rubio como el mío, viste una camisa azul clarito que parece muy ligera y unos pantalones cortos de color beis. No puedo asimilarlo. No puedo. Está viva. Quizá no quiere saber nada de mí, quizá no llegó hasta aquí adrede, quizá está secuestrada.

Echo una ojeada alrededor de ella y me asombra que no

haya nadie más. Imaginaba un campamento lleno de hombres armados, incluso a ella encerrada, pero no, parece que nadie la retiene; podría salir corriendo si quisiera, está sola al borde de una jungla por la que podría huir. Las demás chozas están vacías. ¿Por qué coño no aprovecha para largarse?

Entonces se sitúa justo frente a mí, a escasos veinte metros, para coger la cesta ya vacía de la colada, y yo, de pura emoción, pierdo el equilibrio. Al caer, hago tanto ruido con las ramas que es inevitable captar su atención. Mira alarmada hacia la maleza y sé que tarde o temprano me va a descubrir. Me pongo en pie y doy un paso al frente.

A mi madre se le cae la cesta al suelo y se queda petrificada. Dicen que una madre siempre es capaz de reconocer a su hijo incluso después de no haberlo visto en toda su vida. Que hay algo que nos conecta a nuestras madres. Una fuerza inexplicable que hace que ellas sepan que somos los mismos que nacimos de sus entrañas. Me ha visto y sabe que soy yo. Aprovecho que sigue paralizada y salgo de la maleza al espacio despejado. Avanzo despacio hacia ella. Sus ojos se inundan y, mientras nos miramos fijamente una a la otra, ella rompe a llorar. Yo, sin embargo, me quedo helada, incapaz de expresar un solo sentimiento después de haber acumulado tantos, y sigo caminando hacia ella como si me acercara al borde de un precipicio al que estuviera dispuesta a saltar. No puedo derramar ni una lágrima pero estoy rota por dentro. Me olvido de todo. Del peligro, de Sirhan, de todo.

—Isla… —pronuncia mi madre muy despacio sin tratar de secarse las lágrimas.

—Mamá…

Jamás. Jamás de los jamases imaginé que pronunciaría esas cuatro letras. Mi madre abre los brazos y avanza hacia mí y nos abrazamos de un modo que no sé explicar. Nunca la había visto en persona, al menos que yo recuerde; no sabía cómo era su voz, ni su tacto, ni su olor, y aun así, al abrazarla siento que nos reencontramos, que la veo una vez más, que vuelvo a ella. A la mujer que me dio la vida. Y en todos los sentidos fue así, pues ella me crio durante mi primer año. ¿Será real eso de que estamos unidas para siempre?

Aflojamos los brazos, tomamos un poquito de distancia para poder contemplarnos y mi madre me coge de las manos. Cuando me detengo en sus facciones y las comparo con las que conozco de la fotografía, reparo en que ha cambiado, sigue siendo la misma, pero su cutis ya no está tan terso, su pelo muestra varias canas y su tono de piel es algo más oscuro. Aun así, es tan bonita como siempre la imaginé.

—Isla, mi tesoro, eres tú… —pronuncia entre lágrimas y un caudal de emoción—. ¿Cómo puede ser? ¿Qué haces aquí? No me puedo creer que seas real. Cada día de mi vida he soñado con este momento.

No sé qué decir, me quedo sin palabras. Mi madre me acaricia la cara con cariño y me vuelve a abrazar. Esta vez lloramos las dos, juntas, y sé que he vuelto a casa. A una casa en la que nunca he estado. Pero siento hogar por todas partes.

—Vámonos —consigo decir al fin.

—Pero… ¿adónde?

—He venido a salvarte

—¿A salvarme? No entiendo…

Me separo un poco de ella y la miro extrañada. ¿Qué le pasa? ¿Por qué no quiere huir?

—Los rebeldes…, tengo un amigo y varios hombres armados ahí detrás. Parece que no hay nadie en el poblado. Vámonos ahora.

Mi madre parece entender por fin lo que estoy pensando y coge aire con paciencia.

—Isla, creo que tenemos que hablar. Te debo una larga explicación.

—¿Qué? —Me zafo de su abrazo—. ¿No te tienen secuestrada?

—No es tan sencillo. Diles a tus amigos que vengan, no pasa nada.

—Pero ¿estás con los rebeldes?

—Confía en mí. —Trata de enlazar sus dedos con los míos para que confíe en ella y siento rabia.

—¡No! —Aparto la mano para que no me toque—. Nos hemos jugado la vida para llegar hasta ti. ¿Y ahora no quieres venirte?

—Isla, todo es muy confuso, aún no sé cómo has llegado hasta aquí, cómo me has encontrado, ni si estás bien o no. Por favor, hablemos, luego iré donde tú quieras, por supuesto. Pero déjame conocerte, déjame que me conozcas.

Desconfío de ella, de repente todo se vuelve nuevo. Desconocido. Extraño.

—¿Es seguro entonces?

—Sí, lo es.

Como una autómata, me doy la vuelta y camino hacia el bosque. Sirhan me mira tan serio que me asusta. Sin entender nada, como yo.

—Isla, ¿qué ocurre? —Sirhan me abraza y me da un beso.

—Estoy bien; dice que vayamos, para hablar.

—¡Y una mierda! Es una trampa. No pienso dejarte volver ahí.

—Sirhan. No es una trampa. Es mucho peor. Está con ellos.

—¡Exacto! Por eso no vamos a ir. Ni tú, ni yo ni estos.

Los furtivos nos miran más que extrañados.

Mientras discutimos si fiarnos o no, oímos algo detrás

de nosotros. Es ella, que se acerca. Sirhan la apunta con su arma para que no dé un paso más y el corazón se me desboca.

—¡No te acerques a ella! —grita Sirhan con furia para protegerme sin dejar de apuntarla.

—¡Noooo! —grito histérica y me interpongo entre mi madre y la boca del rifle.

Sirhan se toca la cabeza con desesperación y baja el arma.

—¡Isla, estás loca! No tienes ni idea de quién es ahora esta mujer.

—Es mi madre. Con eso me basta.

Mi madre pronuncia algo en lingala y Sirhan entorna la mirada tratando de creer sus palabras.

—Yo no me fío —me dice una vez más, pero le noto ya más relajado.

—¿Qué te ha dicho? ¿Qué le has dicho?

—Que confíe en ella, que está sola hasta la noche. Y que no es peligroso.

—Yo voy con ella. Tú haz lo que quieras.

—No puedes hacer siempre lo que te dé la gana.

—Sí puedo, Sirhan. Lo siento. Si queréis, podéis iros. Yo me quedo —sentencio con chulería y sin pensarlo en absoluto.

—¡Vas a volverme loco! Te lo juro.

—¿Quién es él? —pregunta mi madre refiriéndose a Sirhan.

—Nadie —se me adelanta él—. Un simple guía.

—Es mi amigo. Y es importante para mí —le corrijo para su sorpresa. Se queda callado—. Y estos son furtivos. Acaban de matar un grupo de cinco gorilas. Los hemos detenido y queremos entregarlos.

—Creo que habéis llegado al sitio perfecto.

No tengo ni idea de por qué lo dice, pero voy detrás de

ella, y Sirhan y los demás también lo hacen. Nos dirigimos a un cobertizo de cañas donde hay unos muebles de bambú muy bonitos.

—Sentaos, os voy a traer algo de comer —nos dice a mí y a Sirhan.

Saca un arma que llevaba en la espalda y, para nuestra sorpresa, apunta a los furtivos. Dice algo en lingala y estos la siguen. Sirhan se levanta para irse con ellos y me pide que no me mueva.

Cinco minutos después vuelven los dos solos.

—¿Dónde están? —les pregunto preocupada.

—Encerrados. Tranquila. Creo que tenéis mucho que hablar —me suelta Sirhan, como si en esos cinco minutos hubiera entendido todo lo que yo necesito saber—. Os dejaré solas. Voy a echarme un rato en aquella sombra, estoy rendido.

—Puedes explicarme qué está pasando, por favor.

—Me cuesta hablar, como si tuviera una bola de fuego en la garganta.

—Empezaré por el principio. Pero antes, por favor, dime, ¿cómo está tu padre? —Se le nubla la mirada.

—Papá vive aquí en el Congo desde que desapareciste. Vino a buscarte. No entiendo cómo te he podido encontrar yo y no él.

—¿Me lo dices en serio? Cielo santo… —Le caen dos lágrimas que la dejan muda por un instante—. Te voy a contar mi historia, pero luego cuéntame tú todo. ¿Está bien?

—Sí, él está bien, pero yo me crie sin padre y sin madre.

—¿Cómo?

—Lo que oyes… Se fue tras de ti y nunca volvió.

Niega con la cabeza incrédula.

—Lo siento.

Me acaricia la cara una vez más y sé que lo siente de verdad. Está compungida y se la ve arrepentida.

125

—No tuve elección… Cuando viajamos a Australia para tenerte allí, tú eras mi mayor ilusión. Mucho más que mi trabajo aquí, en mi tierra. Pero allí no era feliz. Le rogué a tu padre que volviéramos, pero él quería lo mejor para ti. Este no era ni es un país seguro, y le hice caso. Regresé a África porque unos compañeros míos me necesitaban. No tenían a nadie aquí que pudiera ayudarlos; yo era veterinaria y era una cuestión de vida o muerte. Iban a ser solo unas semanas. Si hubiera sabido lo que pasaría después, jamás habría venido. No quería quedarme lejos de ti y de Steve, jamás fue mi intención. No hay ni un solo día que no os imagine a los dos en Australia, rehaciendo vuestras vidas sin mí…

—No fue así en absoluto —la interrumpo con brusquedad.

Ella agacha la mirada.

—Estaba muy enfadada con tu padre porque no quería que volviéramos nunca a África, me sentía engañada, no era lo que habíamos hablado, y atrapada en una vida que no deseaba. Pero estabas tú y eso lo cambiaba todo. Nunca se lo admití, pero acepté que ibas a crecer en Australia, los tres juntos, y que renunciaría a todo por ti. No se lo dije por rencor. Por orgullo, pero la decisión estaba tomada. Cuando me llamaron pidiendo ayuda, pensé que venir para prestársela durante un tiempo era el modo perfecto para despedirme de mi tierra, de mi hogar y de mis sueños. Me pesaba tanto esa decisión…, no por ti, pues eras mi tesoro, sino por el hecho que fuera una imposición de Steve.

—Se ha arrepentido toda la vida… —vuelvo a interrumpirla, ahora con lágrimas en los ojos yo también.

—Tu padre siempre ha sido una gran persona. Quería lo mejor para ti. El caso es que decidí hacer ese último viaje para arreglar un par de papeles y ayudar en el rescate de varios gorilas de montaña después de que se produjera un ataque muy fuerte por parte de los furtivos, y entonces se necesitaban veterinarios experimentados en fauna salvaje. Solo estaba yo en el Congo, no había compañeros que reunieran esas condiciones.

»Te aseguro que mi idea era venir a ayudar y volver junto a vosotros y aprender a ser feliz en Australia. Iba a ser fácil contigo a mi lado. Pero los planes se torcieron. Estábamos en un poblado atendiendo a unos gorilas, adultos heridos y bebés huérfanos, cuando hubo una fuerte explosión. Entró un grupo de rebeldes armados y lo saquearon todo. Delante de mí mataron a hombres, mujeres, ancianos y niños. Fue atroz. No tenían piedad por nada ni por nadie, y yo supe que iba a morir. Dejé huir a los gorilas que teníamos en cuarentena para curarlos, pues tenían más posibilidades de vivir así, y me dediqué a atender a los heridos mientras ellos seguían disparando a bocajarro. Ya estaba muerta, lo sabía. Nadie saldría de allí con vida. Así que intenté ayudar en lo posible durante el poco tiempo que me quedara y empecé por los niños. Se me morían en las manos, sin remedio. Era veterinaria, no médico. Apenas tenía recursos y, entre explosiones y gente corriendo y gritando, casi nada podía hacer.

»Estaba atendiendo a una niña pequeña dentro de una choza, no tendría más de tres años, cuando un soldado entró con el arma alzada y nos apuntó para matarnos, pero algo pasó por su cabeza. Me miró. Ahora sé que pensó que era extranjera. En el Congo no hay blancos. No cayó en que podría ser sudafricana. Se dio media vuelta y se fue. Seguí haciendo un torniquete a la niña, que había perdido su brazo y lloraba desesperada. Recuerdo que lo único que pensé era que tenía más tiempo para curarla y esconderla. Pero no fue así.

»Irrumpieron dos hombres a la fuerza y me agarraron

por los brazos. Me quitaron a la niña y me arrastraron fuera de la choza. Me resistí, grité, los golpeé, pero nada los frenó. Oí un disparo detrás de mí y supe que acababan de matar a la niña. Entré en *shock*. Apenas me dio tiempo a enfurecerme porque a continuación un duro golpe me dejó inconsciente.

»Lo siguiente que recuerdo es despertar en un campamento móvil. En una tienda de campaña rodeada de monstruos, no tenían otro nombre. Me sentía dolorida, pero sobre todo estaba terriblemente asustada. Un hombre me dio la alternativa: o los ayudaba o me mataban. Me dio algo de comer y me llevó a una carpa que parecía una enfermería, y a punta de metralleta me obligó a curar a sus soldados heridos.

Trago saliva mientras escucho su historia horrorizada.

—Buf... —es todo lo que logro decir, sin asumir aún que semejante tragedia le hubiera ocurrido a mi madre.

—No sabía dónde estábamos, nunca había llegado a esa zona del Congo. El campamento estaba rodeado de selva, era imposible que una mujer sola escapara, sin armas ni provisiones. Los primeros días fui como un zombi. Curaba a los heridos, comía y dormía. No sentía nada. Solo pensaba en la niña, en que la mataron. No podía dar crédito. Después de la primera semana empecé a pensar en cómo escapar de allí. Ideé tantas maneras...

»Solo pensaba en ti y en tu padre, en lo preocupado que estaría; necesitaba que supiera que estaba viva. No tenía miedo por mí, había visto a cientos de rebeldes antes y sabía que tarde o temprano saldríamos del poblado y tendría una posibilidad de huir. No iban a matarme. Me convertí en imprescindible para ellos. Atendía de tres a diez hombres al día.

»Pero pasaron los meses y, para mi sorpresa, no se movían del campamento. Empecé a desesperarme, y a la vez a encontrarme mal, con mareos, náuseas... No me trataban mal. Simplemente no les interesaba más que como enfermera. Pero la situación era insufrible. Intenté escapar. Dos veces. La primera vez que me pillaron me castigaron un día sin comer. Pensé que no era tan terrible y lo intenté una segunda vez. Pero también me cogieron, y fue tan fuerte la paliza que me pasé tres días sin poder levantarme de la cama del dolor. Entonces comprendí que mi única oportunidad llegaría si era capaz de ser paciente. Todo el mundo que se acercaba al campamento moría. Eran fuertes, poderosos e insensibles. Yo seguía encontrándome mal, y a los cuatro meses de secuestro me di cuenta de que estaba embarazada.

Hace una pausa y yo abro los ojos de par en par pensando lo peor.

—No, no me violaron nunca. Eso es algo que les dejé claro antes de empezar a trabajar para ellos como enfermera. Si alguien me ponía las manos encima, les juré que me suicidaría. Soy africana, sabía cómo relacionarme con ellos. Pero sí, tienes un hermano, Isla, y es de Steve, nunca se lo he podido decir... Nunca encontré ni pude volverme a poner en contacto con tu padre. Cuando no pude ocultar más la barriga, hablé con el líder del grupo y le exigí dos condiciones para seguir con ellos: que me dejaran tener a mi hijo y que jamás le pusieran la mano encima. Seguiría curándolos y atendiendo a los heridos a cambio de eso, y de que también me dejaran curar a gorilas heridos o en apuros. Accedieron. De mala gana, pues los africanos no aceptan que sea la mujer la que decida, la que ponga las condiciones o plantee exigencias, pero justo coincidió con un fuerte enfrentamiento que dejó a la mitad de los guerrilleros malheridos. Una vez más, me necesitaban. Lo siento tanto... Que sucediera así, que te enteres ahora.

—¿Dónde está él, mi hermano? ¿Con ellos? Y tú, ¿sigues con ellos? —«No me lo puedo creer, he recuperado a mi madre y ¿tengo un hermano de sangre?», pienso, cada vez más superada por los acontecimientos.

—No tardará mucho en llegar... No, no estamos con ellos. Logré huir.

—Cuéntamelo todo... —le pido mientras le tiendo mi mano como muestra de apoyo.

—Pues nació. Parí allí mismo, sola, asustada y sin ayuda. Fue doloroso, tuve tanto miedo... Había observado e incluso asistido a varios partos de gorilas, así que las imité. Después de dar a luz, me di cuenta de que nada podría detenerme. Fui capaz de dar vida yo sola. Y eso marcó el resto de días que seguimos con ellos.

—Pero ¿cómo no pudo encontraros papá? Os buscó durante muchos años...

—Tesoro, el Congo es enorme. Es tan grande como España, Francia, Gran Bretaña y Alemania juntas. ¿Cómo encuentras a una mujer escondida en medio de la selva de un lugar tan inmensamente enorme?

—No tenía ni idea de que fuera tan grande... ¿Qué pasó después?, ¿adónde fuiste con el bebé? —pregunto ansiosa.

Sigo sin creerme que tenga un hermano, ni que esté delante de mi madre. Todo parece tan irreal...

Sirhan ha vuelto de su mínimo descanso y se sienta a mi lado para darme consuelo; algo ha debido de escuchar. Se lo agradezco.

—Pasaron dos años. Dos años allí encerrados, tu hermano crecía y yo dejé de hacer planes para escapar, con un bebé a cuestas, y empecé a hacerme a la idea de que esa sería mi vida. Ya no estaba sola. Ahora tenía que velar por mi pequeño, en un medio tan hostil. Yo no paraba de llorar, por ti y por Steve, pero la vida de Enam dependía de mí. Se llama Enam, que significa «regalo de Dios». Porque eso es lo que fue.

»Estoy viva gracias a él. Sin Enam, sé que hubiera perdido las fuerzas y hubiera cometido una locura para salir de allí. Pero tenerlo me frenó y me hizo mantenernos a los dos a salvo. Tiene solo un año menos que tú... No creas que es tan raro. Desaparecen muchas mujeres en África, muchísimas. El problema es que, a no ser que sean extranjeras, el Estado no hace nada. No interesa. Solo son mujeres. Es lamentable. Si hubiera tenido la nacionalidad australiana, todo habría sido diferente. Aunque tampoco me hubieran encontrado. En fin, el pasado pasado está.

»El caso es que a los dos años y medio los guerrilleros trasladaron el campamento a un poblado. Ya no vivíamos en tiendas de campaña. Enam ya tenía dos añitos y yo estaba casi resignada. Si no hubiera sido por ti, me habría rendido a la idea de pasar el resto de mi vida así. Pero tenía otra hija y no podía rendirme.

»A los siete años de estar en ese poblado, apareció un hombre, un soldado de otra organización rebelde. Nunca lo había visto antes, llegó muy malherido y tuve que curarlo; pasó seis meses en mi enfermería, intimamos. Nos hicimos amigos. Rahma era diferente, pertenecía a otro grupo que luchaba por los derechos de los congoleños y contra la corrupción de la política en este país. Era primo de uno de los rebeldes de mi grupo, por eso lo trajeron para curarlo, como un favor por ser familiar de uno de los capos de nuestro grupo.

»Le conté mi historia, confié en él y prometió ayudarnos, a mí y a tu hermano. No teníamos nada más a lo que aferrarnos. Le dije que no me dejarían ir sin más. Nunca encontrarían a nadie como yo. En esos diez años me había ganado el derecho a trabajar también en mi otra pasión: salvar gorilas. Curaba a todos los ejemplares heridos que encontrábamos en los bosques de bambú cercanos. Rahma finalmente se curó y me dijo que debía confiar en que él volvería. Yo sabía que no era verdad pero preferí soñar y lo esperé.

»Se había enamorado de mí, yo lo sabía, se le notaba, y para mí era el primer rostro amable tras diez años de esclavitud. Tenía comida, un hogar digno, pero ninguna libertad. Pasado un mes de la partida de Rahma, un día regresó. No dejaban entrar a nadie al poblado que no fuera de los suyos, pero él era de su misma sangre. Eso en África vale más que ninguna otra cosa. Cuando lo vi, jamás pensé que hubiera venido a por mí. Pero así fue. Trajo chocolatinas para Enam y me pidió que esa noche me quedara en la choza y tres horas después de la cena saliera con la excusa de que el niño se encontraba mal, por si alguien se despertaba y nos veía. El día más largo de mi vida. Teníamos que probarlo. Ni siquiera se me pasó por la cabeza que esa vida podría ser mucho peor que la que tenía.

»Así que salí de la choza, en silencio, con Enam de la mano, que estaba a punto de cumplir los diez años, y allí estaba Rahma con un *quad*. No me hizo falta ni hablar; monté al niño detrás de él y luego me subí yo. Cerré los ojos, estrujé a Enam entre nosotros dos, alargando los brazos hasta rodear la cintura de Rahma, y me dejé llevar. Rahma condujo casi toda la noche. Sentir el aire en mi cara de ese modo después de tantos años me hizo llorar de emoción durante el trayecto. Nunca le pregunté dónde íbamos, me daba igual.

»Cuando empezó a amanecer, paramos en una gran llanura, dormimos unas horas y ahí hablamos por primera vez de lo que iba a ocurrir a partir de entonces. Me pidió que me casara con él, que me cambiara el nombre y registráramos a Enam como hijo suyo. No le importaba ser el hazmerreír por tener un hijo blanco que evidentemente no era suyo. Yo no quería esa nueva existencia, aún deseaba encontraros, buscar a Steve, pero tenía miedo. Me habían anulado como persona, apenas quedaba nada de la mujer que había sido en el pasado, y acepté.

»Me equivoqué. Solo pretendía estar segura, no volver con aquellos salvajes. Calculé que así sería más fácil localizaros sin peligro a ser encontrada, pues ellos tenían mi pasaporte, con mi nombre y apellidos no tenía futuro. Imagino que también por eso nunca me encontrasteis en todos estos años. Me casé con Rahma. No fue por amor, fue por agradecimiento. Y él lo sabía. Nos mudamos aquí. A este pequeño poblado. Todos son guerrilleros, pero no de esos que atacan pueblos y matan a la gente. Luchan contra los rebeldes agresivos y contra las injusticias del Estado, y contra los furtivos. Tienen sus propias leyes. Es difícil de explicar.

»Fueron pasando los años. Era libre, podía ir donde quisiera, y aun así, nunca me atreví a volver a Australia. Por tonta, por mis inseguridades… Te busqué y te encontré. Cuando tenías dieciocho años, supe de ti por primera vez. Siempre he tenido muy poco dinero aquí, pero pagué a alguien para que me ayudara a buscarte en Internet. ¡Benditas redes sociales, hija! Estabas tan preciosa, tan mayor…, pensé en escribirte. Pero no tuve valor. Tú me dabas por muerta. Tenías tu vida. Se te veía feliz, sana, ¡y tan australiana! Imaginé que vivías con papá y su nueva mujer, quién sabe. Yo volví a casarme. Y a él nunca lo busqué. Me aterraba la idea de verlo con otra. Él siempre ha sido mi gran amor y solo de imaginarme que se hubiera rehecho junto a otra mujer, con otra familia, me partía el alma. Quería que fuera feliz, que siguiera su vida. Habían pasado casi veinte años. No quería convertirme en el fantasma que volvía para poner vuestras vidas patas arriba. Fui cobarde. Ahora que te tengo delante, sé que me equivoqué. Perdóname. —Mi madre rompe a llorar de nuevo y agacha la cabeza.

—Mamá, no llores, por favor…

—No me puedo creer que me hayas llamado así…

—Mamá… —repito y la abrazo. Lloro, lloramos juntas, y siento todo su dolor fluyendo por mis venas—. Papá nunca se casó, a día de hoy sigue sin tener pareja. También ha dedicado su vida a salvar gorilas. Por ti, porque era tu sueño y así te sentía más cerca de él.

—¿Me lo estás diciendo en serio? —Se tapa los ojos para disimular su dolor.

—Y su orfanato para gorilas está aquí en el Congo.

—No puede ser… ¿Cómo no me he enterado de eso? No sabía que había un orfanato… Ya ves cómo vivimos, humildemente en medio de la selva y con poco contacto más allá del mercado que hacen una vez a la semana a diez kilómetros de aquí.

—Pero ¿estás con Rahma?

—Estoy casada, vivo con él, y sí, a veces nos acostamos. Pero si preguntas si estoy enamorada o si lo amo, no. No podría.

—No sé qué decir. Me duele tanto que hayas pasado por todo esto… Tantas veces imaginé lo que podía haberte sucedido…. Te dieron por muerta.

—Sí, eso lo supe años después, buscando en periódicos internacionales… ¿Qué haces en África, tesoro?

—Bueno, papá se fue tras tu rastro y no pudo volver, lo intentó pero no podía. Me crie con tía Anne y tío Kyle. ¿Los recuerdas?

—Sí, claro, tenían un hijo pequeño, Narel, ¿verdad?

—Sí, mi hermano. Bueno, mi otro hermano ahora —corrijo—. He crecido con ellos, que me cuidaron desde pequeña; para mí han sido mis padres. Papá me visitaba de vez en cuando, me hablaba de África, de los gorilas, pero era un extraño. Sabía que era mi padre pero no lo sentía como tal. Según fui creciendo, nuestra relación fue cada vez mejor, a pesar de verlo solo una vez al año. Cuando me hice más mayor, en una de sus visitas me pidió que me mudara con él durante un tiempo aquí, pero me negué. Y este año, por primera vez, he decidido hacerle una visita, conocer su orfanato...

—¿Y cómo has llegado hasta aquí?

—Te parecerá una locura... Cogí un helicóptero en el aeropuerto para volar hasta el orfanato de papá, pero Sirhan y yo tuvimos un accidente y acabamos en mitad de la selva, solos y perdidos. Tras varios días de odisea, encontramos un poblado y una mujer me habló de la mujer rubia que se parecía a mí y que vivía cerca. No lo pude creer y le pedí a Sirhan que me trajera hasta aquí. Por cierto, él era el piloto, claro, y estoy viva gracia a él. En realidad, todo ha sido un cúmulo de casualidades y sinsentidos... O tal vez no. Es todo tan extraño...

—No sabes cuántas veces he mirado tus fotos, hija mía. Eres preciosa. —Me toma las dos manos y me mira a los ojos. Me veo en ella, nos parecemos sin ninguna duda—. ¿Os dirigís entonces hacia el orfanato?

—Sí, aunque estamos algo perdidos, pero ahora por fin tenemos *jeeps;* eran de los furtivos.

—A ellos ya no les harán falta vehículos en la cárcel.

—Exacto, así que ahora todo será más fácil para nosotros.

—¿Me llevaríais con vosotros? Bueno..., ¿nos llevaríais?

—Sí, claro... Pero creo que papá puede sufrir un ataque al verte, no sabe nada de mí desde hace una semana larga. No quiero ni imaginar cómo lo estará pasando reviviendo las emociones de cuando desapareciste, pero ahora conmigo. Y conociéndolo, se sentirá culpable por haberme insistido tanto en venir a África.

—Cielo santo, no había caído en ello; debe de estar muerto de miedo.

—Sí, y toda mi familia en Australia. No podemos demorarnos más. Tenemos que contactar con ellos. ¿Tenéis algún modo de llamar?

—Sí, claro. ¿Sabes su teléfono? —Veo cómo le tiemblan las manos ante la idea de contactar con su amor después de tantos años. Más de veinticinco años después.

—Mmmm..., hostia, pues el teléfono se quedó en el helicóptero y no lo sé de memoria. —Miro a Sirhan, que niega con la cabeza indicándome que él tampoco tiene su contacto.

Fuera empieza a llover. La esperada lluvia que nos anunciaron antes de salir del poblado. En cuestión de segundos la suave llovizna se convierte en una intensa fuente torrencial. Mi madre nos invita a entrar en su bonita cabaña. Nada que ver con las del otro poblado. Y en pocos minutos llega un grupo de ocho hombres en *quads.* Cuando lo veo se me detiene el corazón. La viva imagen de mi padre se acerca bajo la lluvia y me quedo sin palabras.

—Es tu hermano...

Un hombre llega antes corriendo y se sorprende de ver a Sirhan dentro con nosotras. Cuando se da cuenta de la expresión de mi madre, se detiene en seco. Hablan en lingala y él se quita la boina que lleva, en señal de respeto, y nos saluda en nuestro idioma.

—Le he dicho quién eres. Él es Rahma.

—Encantada —le digo de todo corazón al hombre que le salvó la vida a mi madre.

Detrás de él aparece mi hermano. Y se queda tan sorprendido como yo.

—Es ella —pronuncia mi madre en mi idioma.

Enam se acerca a mí y me saluda con un abrazo; está claro que él sí sabía de mi existencia.

—¡No puedo creer lo que ven mis ojos! ¡Guau! Encantado. Sabía que algún día te conocería. Pero aun así, es muy fuerte…

Lo miro, aún muda de la emoción. Todo ocurre demasiado deprisa, fuera diluvia y yo no sé muy bien cómo actuar: le dedico una sonrisa sincera pero escueta y miro a Sirhan, para terminar de hacerme a la idea de que esto sea real.

Parece mentira que alguien que hace poco más de una semana era un completo desconocido ahora es la persona que más fuerza me puede dar en una situación así. Alguien con quien he vivido toda esta aventura. Sirhan se da cuenta y me tiende la mano. Con fuerza.

—¿Te has dado cuenta de que, por primera vez en más de una semana, ahora sí estamos a salvo? Por fin.

—Tienes razón —reconozco y me besa la mejilla.

Ni siquiera lo había pensado. Demasiadas emociones que necesito asimilar. Quiero llegar al orfanato cuanto antes, y poder contactar con Narel y decirle que estoy bien.

—Tenemos que irnos —digo pensando solo en mí.

—No es buena idea ahora mismo —me dice mi hermano—. Está cayendo un mal temporal. Habrá que esperar a que pase la tormenta, con suerte solo serán unos días.

—¿Tanto tiempo?

—Las lluvias aquí, cuando empiezan, duran semanas, todo se convierte en barro y, tiene razón, es imposible desplazarse en estas condiciones. La niebla impide ver y el agua forma avenidas de fango donde se atascan los coches, incluso los todoterrenos. Es inviable salir —afirma Sirhan.

—¿Podemos al menos comunicarnos con el exterior? ¿Hay Internet, algo?

—Sí, claro, pero debemos esperar a mañana, hoy ya empieza a oscurecer. Mañana podemos tratar de llegar a la ciudad más cercana, ahí podéis encontrar conexión a Internet.

—Sí, por favor, necesito avisar de que estamos a salvo.

—Mañana a primera hora os llevo —dice Enam amable.

Y aun siendo mi hermano, veo a todo un africano en él.

—Si no os importa, voy a hablar con Rahma, imagino que estará en *shock* —nos dice mi madre—. Le he hablado mucho de ti, de Steve, pero necesito explicárselo todo y contarle que voy a acompañaros. Es un buen hombre, pero es mayor y necesita entenderlo.

—Claro...

—Podéis quedaros en esta cabaña, os avisaré a la hora de cenar.

Me da un abrazo fuerte y un beso en la frente. Enam se va a dar un baño y a prepararse para la cena. Sirhan y yo nos quedamos en la choza, en silencio, un buen rato más.

12

*M*iro la lluvia caer con fuerza a través de la ventana de la cabaña, de pie frente a ella, mientras Sirhan descansa en la cama detrás de mí. Me vuelvo para observarlo y me doy cuenta de que es lo más parecido a enamorarme que he sentido en mi vida. En mi cabeza empieza a sonar la canción *Perfect*, de Ed Sheeran, que tantas veces he escuchado estos últimos meses pensando en si alguna vez yo sentiría algo así. Y empiezo a cantarla en voz baja mientras lo contemplo desde la ventana: su preciosa piel, su rostro, su fortaleza, lo mucho que ha luchado por mí estos días. Lo valiente que ha sido cuando yo no podía, y también lo paciente cada vez que, como él dice, lo he desobedecido. Por primera vez me hace sonreír esa expresión tan suya. Y me siento como una niña rebelde desobedeciendo.

Tantas emociones juntas me han hecho encontrarme, sentir algo real por primera vez. El miedo se tornó real a cada paso que dábamos, aunque la adrenalina del momento lo paliara, ha sido realmente aterrador estar solos en medio de la selva. He descubierto mi sexualidad; nunca antes me había entregado de ese modo tan pasional, tan intenso y tan real. Mi valentía, mi entereza, mi amor por la naturaleza y mis raíces. Mi respeto y admiración por esta tierra, que a pesar de ser un lugar difícil, emana belleza en todas partes, mires allá donde mires.

Sigo cantando la canción flojito y me acerco a él y le acaricio la cara mientras duerme, deseando que no se despierte. Me estremezco al hacerlo mientras pronuncio el precioso estribillo, al que le cambio el sexo de los amantes para que se acople a mí:

Fighting against all odds
I know we'll be alright this time
Darling, just hold my hand
Be my man, I'll be your girl
I see my future in your eyes

Me pregunto cómo podré seguir mi vida lejos de aquí. Qué ocurrirá cuando Steve se reencuentre con mi madre. Y por primera vez le doy vueltas a la idea de que es imposible que Sirhan no tenga a nadie. Le pregunté si estaba casado pero no si había alguien en su vida. Esta semana han sido como un espejismo, como un oasis en medio del desierto, como una vida paralela. Como un regalo del cielo para encontrarme, para reconectar con mis raíces y romper con todos mis miedos.

—¿Qué cantas? —me pregunta susurrando Sirhan, aún con los ojos cerrados, mientras se abraza a mi cuerpo.

Le contesto cantando muy flojito en su oído mi versión del final de la canción:

Now I know I have met an angel in person
And he looks perfect
I don't deserve this
You look perfect tonight.

—¿Crees que soy un ángel? —me pregunta siguiéndome el rollo de la letra.

140

—Ajá. —Asiento coqueta y contenta.

—Y dime, ¿los ángeles hacen esto? —me dice mientras me da un mordisco en el muslo seguido de un dulce beso.

—Sí, creo que sí que hacen esto los ángeles —digo para seguirle la corriente y que no pare.

Me tumbo a su lado y lo beso. Me responde con su boca, pero esta vez es diferente. Es suave.

—Sigue cantando esa canción. Me gusta —me suplica.

Y yo canto, canto para él entre besos, muy flojito, susurrándole la canción en su oído.

Y nos desnudamos al ritmo de mi voz, mientras seguimos recorriéndonos con los labios con delicadeza, como si fuéramos otros, igual de sedientos de pasión, pero con tanto cariño que parece que vayamos a rompernos. Y hacemos el amor como nunca lo habíamos hecho. En una cama. Despacio. Entre jadeos silenciosos, sudor y, por primera vez, ternura.

Sirhan, tumbado encima de mí, me hace el amor tan lentamente que siento cómo cada poro de su piel entra y sale de mi interior. Como si su alma se fundiera con la mía. No es desesperado, ni precipitado. Es espiritual. Es poderoso y nuevo. Nuevo para mí y para él. Para nosotros. Y seguimos haciendo el amor en una danza de embestidas y orgasmos que se funden con la canción retumbando en nuestras cabezas. Soy consciente por primera vez de lo mucho que me gusta su color. No puedo parar de acariciarlo, de besarlo, de recorrer su cuerpo con la yema de mis dedos. Su olor me excita, me hace suya.

—¿Qué harás cuando lleguemos al orfanato? —La pregunta que había retumbado en mi interior tantos días por fin logra salir.

—Pues hace días que debería haberme ido. Así que imagino que buscaré el modo de volver.

—Ummm.

—¿Y tú?

—Pues me quedan aún casi tres semanas aquí. Mi idea era pasar un mes.

—¿Tienes ganas de irte?

—Siento que aún no he visto nada, porque aún no he conocido lo que venía a visitar, pero a la vez siento que he vivido tanto…

—Eso no responde a mi pregunta.

—Nunca he querido estar aquí. En África.

—Pero…

—No sé si hay pero…

—Pensé que todo esto te habría hecho cambiar de opinión —me dice mientras baja por mi cuerpo y me muerde de nuevo el muslo.

—Bueno, no ha sido una experiencia cien por cien satisfactoria que se diga. Vamos, que no ha sido un camino de rosas, pero usted, señor Sirhan, la ha mejorado bastante —le digo mientras le dedico un beso.

Y así, sin darnos cuenta, acabamos de tener nuestra primera conversación sobre lo nuestro. Sea lo que sea. Pero nuestro.

Pasamos media hora tumbados, descansando, cuando mi madre llama a la puerta para avisarnos de que la cena estará lista en media hora. Nos vestimos y salimos hacia la choza grande, que está al lado de la nuestra y es donde viven todos.

Nos juntamos a cenar una pequeña multitud: mi madre y mi hermano, qué extraño llamarlos así, como si hubieran surgido de la nada, aún me cuesta asimilarlo; Rahma, cuatro hombres más, Sirhan y yo. La velada es agradable, les contamos todo lo que hemos pasado desde el accidente y nadie puede creer la suerte que hemos tenido. Sirhan explica orgulloso cómo salvé al pequeño gorila y mi madre se emociona. Confiesa que cuando estaba embarazada era todo lo que soñaba: que un día trabajaríamos juntas en la selva salvando gorilas.

Enam me cuenta lo mucho que mi madre siempre le ha hablado de mí y de nuestro padre, y admite que le parece muy extraño saber que va a conocerlo por fin. Yo no puedo ni imaginar que ocurrirá cuando él se entere de que tiene un hijo.

Fuera sigue diluviando y cada vez me siento más impaciente por irme de aquí. Hay algo en este lugar que no me acaba de gustar. Observo a Rahma, callado, pues no habla apenas nuestro idioma, y pienso que debe ser un buen hombre. Se jugó la vida por salvar a mi madre y a su hijo, y eso dice mucho de él. Es un hombre mayor, de unos sesenta años, pero tiene su atractivo. Y si bien sé que mi madre no lo ama, se nota que lo quiere, por cómo le habla, cómo lo cuida. Lo trata con más ternura que la que se dedican muchos de los matrimonios convencionales que conozco. Al fin y al cabo, está aquí gracias a él. Aunque sé que para ella esta es otra condena. A pesar de que pueda atender a algunos gorilas, esta no es la vida que ella soñó.

Cuando acabamos de cenar, todos se van a acostar, salvo mi madre y yo. Decidimos quedarnos fuera de la choza sentadas en unas sillas bajo el porche de cañas y paja. Otro rato para nosotras. Nos sentamos una al lado de la otra y observamos la lluvia. Noto cómo me mira, pero yo sigo ensimismada con esta tormenta tropical, tan fuerte que asusta.

—Te veo aquí, a mi lado, y aún no me lo creo —me confiesa.

—Ni yo. —Le sonrío con cariño.

—Estoy nerviosa… Desde mi secuestro, no he vuelto a estar sola nunca.

—¿A qué te refieres?

—Pues que ya no sé quién soy. Primero vino Enam,

143

criarlo sola, entre salvajes; solo importaba el niño. Y después llegó Rahma, y me dediqué a él. Para agradecerle que nos salvara.

—¿Por qué no contactaste con papá?

—Por lo que te he dicho... Me aterraba imaginarlo con otra. Y estaba tan segura de que eso era lo que había ocurrido... He sido una tonta. Solo de pensar que está aquí..., que lo veré de nuevo... Me fui tan enfadada, me comporté de forma tan injusta con él...

—Él no te lo tiene en cuenta.

—No quiero hacerle más daño. Quizá no sea buena idea que vaya con vosotros.

—Mamá..., no digas eso. Tienes que venir. ¿Se lo has dicho a Rahma?

—No, aún no.

—¿Qué vas a hacer?

—No sé cómo planteárselo.

—Solo díselo. Quizá no lo entienda, pero eres libre, mamá. Y es normal que quieras que tu hijo conozca a su padre.

—Para Enam, su padre es Rahma. Y siempre lo será.

—Ya imagino. ¡Cómo es la vida! Con todo lo que has pasado, creo que te has ganado hacer lo que de verdad desees.

—He sido una cobarde. Tu padre no me lo va a perdonar.

—No digas eso. No hay nada que perdonar.

—Sí, sí lo hay. Todos estos años junto a Rahma..., podría haberme ido. Nada me lo impedía. No sabes cuántas veces miraba los *jeeps* cuando íbamos al mercado a comprar. Llevaban extranjeros como turistas, y luego volvían a sus hoteles y de ahí al aeropuerto. Cuántas noches soñé en subirme a uno de esos *jeeps* y fugarme. Pero no podía dejar aquí a tu hermano.

—¿Por qué tenías que dejarlo?

—Es africano. Lleva los apellidos de Rahma. No puedo sacarlo del país. Aquí no es tan sencillo. Yo soy africana y él también. ¿Dónde vamos a ir? No podemos viajar sin visados. Rahma se hubiera enterado. ¿Qué le iba a decir?

—Suena a un segundo secuestro —suelto sin pensar, y ella agacha la cabeza.

—Cuando ya te lo han quitado todo, no tienes mucho que perder.

—No te entiendo.

—Pues que es buen hombre, ¿sabes? Y me llegó a gustar un tiempo, es atractivo, pero no es el amor de mi vida. No es lo que yo decidí. La vida ha sido tan dura aquí, hija. Tan injusta y cruel. Nunca pensé que acabaría así.

—Nada ha acabado, mamá.

—Sí, sí lo ha hecho... ¿Qué opciones tengo en la vida ahora? —Sé sincera conmigo como si fuéramos íntimas amigas.

—Pues muchas. Enam ya es mayor. Y yo te he encontrado. Ven a ver a papá. Por favor. No le hagas esto.

—Me estás haciendo chantaje, ¿eh, tesoro? —Sonríe con tristeza.

—Sí, un poco...

—¿Y tú qué? ¿Qué tienes con él? —me pregunta señalando con la cabeza hacia la choza donde está Sirhan.

—Buff... —Me río—. No tengo ni idea. Es lo más loco y extraño que he hecho en mi vida. Al principio fatal, no nos soportábamos, pero de verdad, era mutuo.

—Sí, así empiezan las mejores historias.

—¡Anda ya! —Nos reímos—. No sé, es tan extraño... Cuando llegamos al primer poblado y por fin pudimos dejar de estar en tensión, ocurrió algo. Hubo química.

—Se os nota.

—¿El qué?

—Que tenéis química. Por cómo te mira.

—Ya pero ¿y ahora qué?

—Pues ahora, hija mía, lo que tú decidas. Tú puedes elegir.

—Ya, pero esto no tiene ningún futuro. Yo no me mudaré a África; tengo mi vida en Australia y ni se me ocurriría decirle que se viniera. Tampoco lo veo. No sé, no nos veo...

—¿Y qué es lo que sí ves?

—Veo estos días perdidos en la selva y me quedaría aquí atrapada. Les diría a papá y a todos que estoy a salvo y luego volvería a perderme con él en la selva, pero sin rebeldes ni furtivos. Solo con las estrellas, el río...

—Eso suena a quedarse en África.

—Qué va... —digo dudando de mí misma—. No hay nada estable entre nosotros. Pero es extraño. Me ha cuidado tanto.

146

—¿Sabes qué, tesoro? Nunca hay nada estable hasta que uno lo decide. Déjate llevar. He perdido la mitad de mi vida atrapada y te aseguro que no hay nada peor. Lo que tú has vivido es una bendición, me recuerda a cuando conocí a tu padre. ¿Te lo ha contado?

—Por supuesto, un millón de veces, y lo escribió en un diario. Te quería muchísimo. Se enamoró tanto de ti...

Se sonroja como una niña pequeña.

—Me recordáis a nosotros cuando nos conocimos en la selva. Aunque yo, la primera vez que lo vi, pensé que era un bobo. Me miraba con unos ojos como si nunca hubiera visto a una mujer.

—Nunca había visto a una mujer como tú.

Mi madre rompe a llorar y lamento haber dicho algo que la haya herido.

—Mamá, ¿estás bien?

—He perdido mi vida —dice entre sollozos, flojito, para que nadie nos oiga.

—No digas eso, eres joven.

—Mírame, estoy hecha una mierda. Con perdón, hija. Pero es la verdad. Veintiséis años atrapada aquí. Con lo que yo era... Me hubiera comido el mundo. —Llora y la abrazo.

—Pues para mí eres la misma persona que mi padre contaba en su diario. Una chica valiente que saltaba encima de los gorilas para salvarlos.

Mi madre se ríe secándose las lágrimas.

—Ha sido tan duro. Tan triste. Nunca pensé que pudiera llorar tanto. Cumplí cuarenta y ocho el año pasado y me pareció que era una anciana y una miserable. De verdad, no sabes lo que sentí al verte aparecer por la selva. Pensé que había perdido la cabeza de tanto imaginarte.

Toma aire y continúa, más calmada:

—¿Sabes la fábula del elefante y la cadena?

—No, pero me encantaría que me la contases.

—Era un elefante muy bebé al que ataron de una cadena muy pequeñita. Pero suficiente para su tamaño. El elefantito tiró y tiró durante horas, días, semanas, hasta que se rindió, pues sabía que no había nada que hacer. Pero el pequeño elefante creció y era cada vez más fuerte. Aun así, seguía atado a la misma cadena. Una cadena ridícula para su tamaño, que solo con dar un paso hubiera roto. Pero el elefante creía que no podía escapar y nunca más lo intentó. Y vivió toda su vida atado a una cadena de la cual podría haberse escapado. Pero él no lo sabía.

—¡Qué historia más triste!

—Yo soy como ese elefante. Creyéndome, por culpa del paso del tiempo, que no puedo hacer nada. ¿Y sabes lo más curioso? El ser humano acaba acostumbrándose a casi todo. Al principio, lloraba durante horas a diario; después lloraba día sí, día no; con los meses, pasé a llorar tres veces por semana, dos, una; luego un par de veces al mes, y al final, una vez cada tantos meses. Supongo que será el instinto de supervivencia.

—Mamá, prométeme que vas a venir con nosotros —le pido. No soporto la idea de dejarla aquí.

—Mañana hablaré con Rahma.

—Si no te deja, me da igual. Tú te vienes.

—No, tranquila, Rahma no es esa clase de hombre. Pero sé que le destrozaré, ya lo he visto preocupado hoy. No es tonto. No entendía mucho lo que hablábamos. Tengo que explicárselo bien. Se lo debo.

—De acuerdo.

—Es hora de ir a dormir. Mañana iremos al mercado, allí podrás contactar con Australia y con Steve. ¡Dios mío!, me tiembla el pulso solo de imaginarlo.

—¡Qué bonito!

—No… Qué triste —me corrige.

—Buenas noches, mamá.

—Buenas noche, mi tesoro.

Nos damos un abrazo cálido de buenas noches y siento que acabo de conocer a mi madre. Extraño e intenso. Me dirijo hacia nuestra choza, aún diluvia y, aunque apenas son cinco metros, acabo empapada. Descubro lo agradable que es la lluvia tropical sobre mi piel, pues aunque en Australia he visto llover muchas veces de ese modo, nunca me he atrevido a caminar bajo el agua. Sin que me importe nada más. Mi piel, cálida y húmeda, reclama calarse hasta los huesos, y decido quedarme bajo la lluvia un rato más.

Avanzo hacia la espesa vegetación y miro el cielo oscuro de la noche, sin estrellas, oscuridad en estado puro. Levanto la cabeza para sentir el agua corriendo por mi rostro, empapando mi ropa y todo mi ser. Respiro profundamente y me siento libre. Oigo detrás de mí la puerta de nuestra choza cerrándose y siento a Sirhan dar unos pasos hacia mí. Empieza a cantarme una canción africana que conozco, *Adonai,* de Sarkodie. Es un tema que he escuchado muchas veces gracias a la música que me regala mi padre, y me parece precioso. Sirhan me abraza por detrás mientras yo sigo sintiendo la lluvia y ahora también su piel, empapada como la mía, mientras susurra en mi oído:

Everybody singing hallelujah
Hallelujah
Everybody singing hallelujah
Hallelujah
Make we sing ooh
I say help me sing...

Al compás de su voz, inmediatamente la canción retumba en mi cabeza como si la pudiera oír en su versión original, con la música y todo, y canto con él ese *Hallelujah* como si se tratara de nuestra propia vida. Aleluya por estar aquí, aleluya por estar vivos, juntos y empapados, siendo uno con la tierra y la naturaleza. Y, sin pensarlo, me muevo como si bailara para él, de nuevo muy suave, mientras me abraza fuerte y me besa el cuello. Me vuelvo de repente y salto a sus brazos quedándome sentada en sus caderas, y aquí, bajo la lluvia, rodeados de una oscuridad absoluta, nos besamos, mojados hasta el alma pero felices.

149

13

*A*manecemos con el canto de los gallos del poblado de mi madre y siento como si hubiera amanecido así durante toda la vida. La manera en la que brilla el sol en África es indescriptible. Sirhan ya no está en la cama y me quedo unos minutos más recibiendo en mi rostro el sol que entra por la ventana de la cabaña. Por fin ha llegado el día de contactar con el exterior; me quedo pensando en eso y por un momento siento nostalgia, pena porque sé que esta aventura ha acabado. Porque de un modo u otro ya no estamos solos, vamos a volver a la realidad, al mundo real, y para mi sorpresa descubro que una parte de mí anhelará siempre esta sensación tan intensa de vivir en un mundo irreal, desconectados de todo pero tan conectados en el fondo. Hemos sobrevivido. Ya es un hecho, y por si fuera poco, he logrado resolver el rompecabezas que tantos años ha atormentado a mi padre.

Me desperezo y veo que mi madre me ha dejado ropa a los pies de la cama. Es un tejano corto, una camisa blanca holgada de algodón con estampados africanos y un pañuelo. Me levanto desnuda y me visto, sin ropa interior, con mi piel dorada por el sol, y me ato el pañuelo en la cabeza como una diadema. Me miro en un viejo espejo que hay al lado de la mesita de noche y me gusta lo que veo. El pelo ondulado por la lluvia de ayer, las mejillas sonrosadas, los ojos brillantes y los labios en llamas, aún presos de la pasión de anoche.

Salgo con calma y veo a Sirhan y a Enam poniendo a punto los *jeeps* y reparo en que no tengo ni idea de lo que ha pasado con los furtivos. Me acerco a mi madre, que está preparando el desayuno, un montón de frutas tropicales en unos cuencos de coco. Los colores y el olor a fruta recién cortada me parecen adictivos; le robo un bol y, sin su permiso, empiezo a comer.

—¿Qué pasó con los furtivos?

—¿Ves esa choza de ahí?

—¿La que no tiene ventanas?

—Sí, ahí han estado. Esta mañana Rahma los ha llevado al mercado. Allí está la Policía, se los ha entregado. Estamos hartos de hacerlo. Pasarán varios años entre rejas. A saber cuántas vidas han arrebatado.

—Me alegro. En un primer momento los hubiera matado.

—Sí, sé lo que es… —me interrumpe.

—Pero ahora prefiero que paguen por lo que han hecho y no lo hagan nunca más.

—Me recuerdas tanto a mí —me dice mientras me acaricia el pelo.

—Me lo han dicho alguna vez, que nos parecemos.

—No, no me refiero al físico; son tus ojos, tu espíritu.

—Eso no me lo había dicho nadie jamás. Ni yo lo sabía hasta que llegué aquí. Creía ser tan diferente a lo que he sido estas últimas semanas…

—Supongo que hay cosas que necesitan ser tocadas para aflorar… Nunca habías estado aquí. Ni habías conocido a nuestra gente. —Señala con la cabeza a Sirhan, que está más guapo que nunca con la ropa que le han prestado. Todo de blanco—. A veces hay algo que hace un clic.

—¿Como estrellarme en un helicóptero en pleno río Congo con un desconocido?

—Sí. —Se ríe—. A veces cosas tan locas como esa. ¿Habéis dormido bien?

—Sí, genial. Por primera vez en el Congo he dormido sabiendo que estábamos a salvo.

—Me alegro mucho.

—¿Tú cómo estás? ¿Has hablado con Rahma?

—Sí, le he contado todo, que os iba a acompañar y que vuestro padre estaba allí. Ha decidido salir hacia el mercado antes que nosotros, aprovechando la excusa de los furtivos. Pero sé que es porque necesitaba un poco de aire.

Noto tristeza en su mirada.

—Todo saldrá bien, no te preocupes.

—Sí, lo sé, hija mía.

Ayudo a mi madre a repartir el desayuno a Sirhan y a Enam, y juntas damos de comer a las gallinas, que se reúnen en torno a nosotras. Cuando ellos terminan de comer la deliciosa mezcla de frutas, los cuatro nos dirigimos hacia el mercado en el *jeep* de mi hermano.

El camino hasta el poblado está bastante bien pese a la lluvia de anoche; se nota que van a menudo y han creado un sendero fácilmente transitable en 4x4. Mi hermano pone la radio y empieza a sonar una canción que me encanta, *Jammu Africa*, de Ismaël Lô. Tras oír las primeras notas la reconozco de inmediato. Su inconfundible primera palabra, «Afrikaaaa», acompañada de ese ritmo, me eriza la piel. Me pongo de pie en la parte trasera del *jeep* para ver mejor el paisaje y dejo que la canción, el aire en la cara y mi hermano y Sirhan cantando, como si fueran amigos de toda la vida, me atrapen. Mi madre sonríe. Está feliz.

Llegamos al mercado en menos de una hora y es mi primera experiencia de estar en el África que siempre he imaginado. El mercado está compuesto por un montón de puestecitos de frutas, especies, cereales y telas. Un mundo de colores se abre ante mis ojos, desde la comida hasta la ropa de las mujeres. Las tenderas africanas, con sus vestidos estampados, alegres, anuncian sus productos, todos cultivados por ellas mismas.

Capta mi atención un tenderete de joyas precioso, hechas con semillas, piedras naturales y bolitas de colores. La mujer que las vende luce un collar enorme que le rodea el cuello en un sinfín de vueltas, resaltando un cuello largo que parece un arcoíris. Me encanta. Me parece tan étnico. No puedo creer que parte de mi sangre pertenezca a esta cultura.

Aparcamos el *jeep* al lado de lo que parece una pequeña choza de piedra donde pone «Post Office». Sé que ha llegado la hora, miro a mi madre y le dedico una sonrisa. Bajamos del coche y nos dirigimos a la oficina. Enam nos cuenta que desde aquí podemos enviar una carta a cualquier parte del mundo. Incluso podemos intentar llamar por teléfono o conectarnos a Internet. Entramos en la oficina de correos y la cola parece interminable. Esperamos durante más de media hora, los nervios se apoderan de mí. Necesito hablar con Narel cuanto antes, contarle todo. Por fin es nuestro turno. Pido conexión a Internet y rebusco en mi correo electrónico el número de mi hermano. Sirhan marca el número que le digo y me alcanza el teléfono. Me tiembla el pulso. Voy a poder hablar con mi familia, tienen que estar tan asustados... Un tono, dos, tres... Y nada. ¡Maldita sea! No puede ser. Volvemos a intentarlo y nada.

Desesperada, lo primero que hago es abrir mis redes sociales para tratar de contactar con alguien. Entro al perfil de Instagram de Narel, que usa más Sam que él, y le mando un mensaje directo. Le hago un resumen básico de lo que ha pasado, sin darle muchos detalles alarmantes, y le explico dónde estamos. Tampoco le cuento nada sobre que he encontrado a mi madre. Eso quiero hacerlo en persona. Al acabar, copio y pego el mismo mensaje para Aurora y para mi padre, por redes sociales y por *e-mail*. También mando un correo electrónico a Anne y otro a

153

Kyle, los que para mí son mis padres. Pobres. Estarán pasándolo tan mal. Soy su pequeña. Los echo de menos.

—¿Tu padre no tiene una web del orfanato? —me ilumina Sirhan.

—¡Ostras, claro!

Tecleo su web que tantas veces he mirado y voy al apartado de Contacto. Lo primero que aparece es una foto actual de Steve. Mi madre, al verlo, se lleva la mano a la boca mientras se muerde el labio inferior. Abre los ojos para luego cerrarlos.

—Es él —vocaliza.

—Sí...

Veo el *mail* de contacto pero ni rastro de un teléfono. Así que mando el mensaje también a su correo y tengo fe en que revise el buzón a diario por si hay algún aviso o rescate.

Tras haber enviado todos esos mensajes, salimos de la choza-oficina y mi madre nos pregunta si queremos comprar algo para comer; se ha hecho tarde y estamos hambrientos.

Paseamos por los puestecitos en busca de algo que nos guste y veo a una mujer asando boniatos, solo el olor ya me hace salivar.

—Yo tomaré uno de esos. —Los señalo.

La mujer sonríe y nos hace un gesto para que nos acerquemos. Boniatos asados con plátano macho frito y especies. Pinta bien y huele mejor. Nos pedimos un par cada uno y nos sentamos en unas mesas de madera que hay enfrente del mercado.

—¿Estás mejor ahora? —me pregunta Sirhan mientras devora su comida.

—Sí, la verdad es que mucho más tranquila. Sé que tarde o temprano alguien leerá mi mensaje. Podríamos mirar a ver si han respondido antes de irnos, ¿no?

—Sí, claro —contesta mi hermano—. Aún no me creo que estés aquí —dice negando con la cabeza.

—Ni yo... Es tan emocionante, no teníamos ni idea de tu existencia. Es todo tan extraño.

—Siento que haya tenido que ser así. El accidente y todo lo demás —dice Enam.

—Bueno. —Dedico una mirada a Sirhan—. La verdad es que, ahora que estamos a salvo, no parece tan terrible. Y me ha traído a todos vosotros.

—¡Bendito accidente entonces! —dice Sirhan riendo. Estallamos todos a reír y acabamos nuestra deliciosa comida. Sirhan nos trae un plato de mango recién cortado como postre. Es el mango más dulce que he probado jamás. Aún nos damos otra vuelta por el mercado para hacer tiempo antes de volver a la oficina de correos. Me acerco al puestecito de joyas y me pruebo una que ha captado mi atención. Sirhan me sorprende por detrás.

—Si tuviera dinero encima, te lo compraría. Te queda precioso.

Le sonrío y lo beso con dulzura.

La mujer que hace los collares nos mira sorprendida y se ríe. No está acostumbrada a muestras de cariño en plena calle, me cuenta Sirhan. Y pronuncia algo con una sonrisa y alzando los brazos.

—¿Qué dice? —le pregunto a Sirhan.

—Que bendito sea el amor. —Sonríe Sirhan y me devuelve el beso, pero más fugaz.

Cómo se nota que es africano, las muestras de cariño en público no están bien vistas. Me da la risa y le cojo la mano para dirigirnos al final del mercado, donde hay un grupo de chicos tocando los tambores y unos niños bailando. Mamá y Enam están haciendo la compra de la semana mientras.

—¿Bailas? —me invita Sirhan.

—¿En serio? ¿Aquí?

155

—¿Acaso te importa lo que vayan a pensar?

—La verdad es que no.

Y antes de acabar la frase, Sirhan me empuja con suavidad delante de los músicos, junto a los niños, y se cruza de brazos mientras me observa.

—Vamos, enséñales a estos niños cómo se baila —me anima y me guiña el ojo.

Dejo caer la cabeza hacia atrás y me da la risa. Empiezo a bailar, pero esta vez no con sensualidad, lo hago con alegría, muevo las caderas, doy vueltas y saltitos, y los niños me señalan. «Sí, soy blanca», pienso para mis adentros. Le tiendo la mano a una niña que está a mi lado mirando y se anima a bailar conmigo. Bailamos las dos con los niños que nos rodean. Ellos me enseñan y yo les imito, y aunque me consta que lo hago fatal y que se ríen de mí, Sirhan tiene razón. ¿A quién le importa lo que piensen los demás?

Bailo durante dos canciones más, otra gente se anima a bailar pero Sirhan no. Él me mira desde cerca con una cara que me atrevería a descifrar. Sé que le gusto. Mucho. Nunca nadie me había mirado así, como si me acabara de descubrir. Siempre me mira como si fuera el primer día. Le hago un gesto para que venga y él niega con la cabeza. Y ahí, en medio del mercado, rodeada de esos niños tan guapos, celebro que por fin he podido escribir a mi familia. Desde luego, la gente en África es encantadora. Tendrán su cultura y tradiciones, extrañas para nosotros, pero son pura alegría. Desde luego, no es más rico el que más tiene sino el que menos necesita. Al acabar la canción, le doy un abrazo a mi pequeña compañera de baile y vuelvo con mi familia. Familia. Una palabra que acaba de tomar un sentido diferente. Especial.

Y

Han pasado más de dos horas desde que he enviado los *e-mails;* ya son las cuatro de la tarde y vamos a ver si alguien ha leído mis mensajes antes de que cierren la peculiar oficina. Me conecto nerviosa, y compruebo que nadie da acuse de recibo. ¡Mierda! Es extraño que nadie haya mirado el correo ni las redes. Nos pasamos la vida conectados y, cuando algo es urgente, nadie está alerta. ¡Maldita ley de Murphy!

—Volveremos mañana a primera hora, tranquila —me dice mi madre al notar mi desaliento.

—Ya... De acuerdo.

—Hey, no estés triste. Ya está, se ha acabado esta pesadilla de estar perdida. Siéntete como en casa, Isla. Eres bienvenida aquí.

Miro a mi madre con atención mientras me habla y reparo en que tiene toda la razón del mundo. Ahora sí que se ha acabado el mal trago. Lo que no entiendo es por qué una parte de mí no quiere que acabe. Debería estar feliz e impaciente por irme, por volver a casa incluso, pero no es así. Tiene razón mi madre, esta también es mi tierra. Y aunque nunca viviría aquí, para pasar un tiempo me encanta, me siento a gusto. Ahora mismo podríamos dirigirnos a un aeropuerto y volver a Australia, suponiendo que las carreteras estén practicables, pero esa es una opción que ni se me pasa por el cerebro, ni siquiera después de haber estado una semana entera perdida en la selva sin comida ni cobijo. Solo pienso en mi padre ahora mismo.

Vemos aparecer a Rahma en su todoterreno y se acerca hacia nosotros. Nos saluda y habla con mamá. Parece que ya ha entregado a los furtivos a las autoridades. Parece un buen hombre, realmente transmite paz y serenidad, y me doy cuenta del modo en que Enam habla también con él; está claro que para él Rahma es como Kyle para mí. Nuestro otro padre. Junto al que hemos crecido.

157

Ni siquiera nos preguntan si queremos seguir por nuestra cuenta, ahora que ya podemos contactar con el resto del mundo, o si deseamos volver a su poblado hasta recibir respuesta de Narel, Steve o mis padres. Volvemos juntos sin que nadie se lo cuestione.

Ya en el poblado, ayudo a mi madre y a Enam a arreglar las chozas, limpiar un poco y cocinar. Rahma y Sirhan hablan de no sé qué, y el resto de la gente prepara sus guisos. La cena es tranquila y acogedora una vez más. Cenamos fuera de la choza grande, rodeados de antorchas, y evoco el recuerdo de la noche anterior, que me parece lejana pero es tan reciente. Sé que Sirhan piensa en lo mismo cuando me dedica una mirada después de señalar las antorchas.

Cenamos unas patatas especiadas asadas al fuego y me doy cuenta de que para comer no hacen falta grandes combinaciones. A veces, unas simples patatas como estas, con especias típicas de África como jengibre, comino y cilantro, entre otras, son la cena perfecta. ¿Por qué nos complicamos tanto nosotros? Cocinando cosas con muchos ingredientes diferentes. Eso es algo en lo que he reparado en África, siempre cocinan cosas sencillas, arroz, legumbres, raíces como patata, yuca, zanahorias, boniatos. La sencillez a la hora de elaborar sus platos y sus ricas salsas los hacen tan diferentes y sabrosos que me encantan.

14

*N*ada más salir el sol, Sirhan y yo nos preparamos para ir de nuevo al mercado e intentar establecer conexión con mi familia. Hemos decidido que si no logramos confirmar que han recibido mis mensajes, buscaremos en Internet información sobre en qué estado se halla por las lluvias e iremos hacia allí directamente.

Por un momento se me pasa por la cabeza que mi padre no esté allí, que haya salido en mi búsqueda, pero creo que lo más sensato sería que se hubiera quedado con tal de que lo encuentre si logro llegar hasta allí. Ayer apuntamos el teléfono del orfanato y hemos llamado esta mañana. Tras dos llamadas fallidas debido a la mala señal por culpa del temporal salimos hacia el mercado.

Debo admitir que estoy más nerviosa hoy que ayer. Una fina lluvia cae sobre nuestras cabezas mientras montamos en el *quad*. Parece que el temido temporal se ha quedado en nada esta vez. Me acerco y abrazo el cuerpo de Sirhan mientras arranca, e intento relajarme con el aire fresco y húmedo de la mañana contra mi rostro.

En menos de cuarenta minutos llegamos a la oficina de correos. Impaciente por conectarme a Internet, empieza a temblarme el pulso. Nada más abrir el buzón veo dos correos nuevos en mi bandeja de entrada. Narel y Anne. ¡Al fin! Un nudo en la garganta por la emoción. Abro primero el de Narel.

¡¡Isla, gracias a Dios!! No tienes ni idea del infierno que ha sido esta semana. Nos dimos cuenta de que algo pasaba cuando al día siguiente de dejarte en el aeropuerto no teníamos noticias tuyas y Steve nos llamó para saber si había habido algún problema con el vuelo porque no habías llegado y no te localizaba. Al quinto día sin noticias cogimos un vuelo y aquí estamos. En Virunga, con Steve. Aurora y yo, Sam se quedó con papá y mamá. Hemos estado buscándote como locos por todas partes. Tu padre está fatal. Bueno, ahora parece que vuelve a respirar tras saber que estás viva. Dice Steve que manda un helicóptero para allá enseguida. El piloto os esperará en el mismo mercado desde el que dices que me escribes. Estará ahí mañana, es decir, el jueves al mediodía. Por favor, id con cuidado. Sé que lo menos que quieres ahora mismo es coger otro helicóptero, y menos tú sola, pero no te preocupes, todo irá bien esta vez. El hombre es de confianza. Acabo de activar los datos y el móvil para que nos podamos comunicar. Así que si puedes hacerte con un móvil, llámame o escríbeme. Y por favor, ven ya. Te quiero, hermanita. Aurora y Steve te mandan todo su amor. Nos vemos mañana por la noche. Te quiero.

Al acabar de leer el mensaje, me doy cuenta de que sola precisamente no viajaré. Le leo el mensaje a Sirhan, que me abraza con alegría porque me ve totalmente despreocupada por primera vez.

—Me alegro muchísimo de que ya os hayáis podido poner en contacto.

—Todo gracias a ti. —Me lanzo a sus brazos y le doy un abrazo.

—Más bien a tu madre. —Sonríe, pero sabe que me refiero al hecho de que me haya salvado la vida durante todos estos días.

—Hay que ir a buscar a mamá y a Enam porque en tres horas estará aquí el piloto. Me da un miedo increíble volver a subir a un helicóptero, pero saber que lo haré con vosotros me tranquiliza.

—Isla, yo… —trata de decirme algo pero parece que le cuesta.

—¿Qué ocurre?

—Yo no puedo ir. He de volver a Uganda, mi tío estará muy preocupado también.

—Oh, ostras, no había pensado en él. Lo siento.

La simple idea de irme sin él me hace sentir un miedo atroz.

—Y entonces, ¿qué vamos a hacer?

—Me quedaré aquí hasta que lleguéis al orfanato, controlando que todo vaya bien. Cuando el helicóptero aterrice, tendrás que mandarme un mensaje, y en cuanto sepa que estás sana y salva, volveré a mi casa.

—Tu casa… Nunca te he preguntado por tu casa.

—Reparo en lo egoísta que he sido pensando solo en mí, en mis problemas, en mi familia y en mis cosas.

—No pasa nada, tampoco es nada interesante.

—Ni siquiera sé dónde vives. —Me siento fatal.

—Vivo en Kasese, la ciudad del aeropuerto donde nos conocimos, en Uganda.

—Y desde entonces tu tío no sabe nada de ti…

—Isla, no te preocupes. Yo soy un hombre, conozco la selva, mi tío no habrá sufrido tanto como tu familia. Ayer logré contactar con él mientras tú enviabas los *e-mails* y ya sabe todo lo que pasó. Pero he de volver cuanto antes para arreglar todo el papeleo relacionado con el helicóptero; era todo lo que teníamos y, si no lo soluciono, podría ser nuestra ruina. El seguro da solo un plazo de quince días para hacerse cargo de las consecuencias del accidente.

—Ostras… ¿Siempre has vivido en Kasese? —De repente se me olvida el mundo y quiero saberlo todo de Sirhan. Aferrarme a él, no dejar que se vaya.

161

—No, cuando dejé el Ejército me trasladé a la ciudad. Vivo en un piso al lado del de mi tío. Somos vecinos, vaya.

—¡Qué bien! —contesto por decir algo. En realidad, veo el final precipitándose hacia nosotros y no quiero.

—Hay algo que no te dije y creo que mereces saber.

—Hay alguien, ¿verdad? —le pregunto leyéndole la mente.

—Verás, cuando hablamos de si teníamos marido o mujer el primer día, tampoco tenía confianza como para contarte mi vida sentimental, y a medida que lo nuestro se hizo real, ni siquiera lo pensé; me olvidé de todo y me centré en nosotros.

—Tranquilo, no tienes por qué disculparte ni contarme nada, lo entiendo.

—No, quiero hacerlo. No me gustaría que pienses que has sido una aventura. O una chica con la que me he acostado sin más.

—Ya sé que no soy eso —le contesto con unas ganas enormes de que sea él quien me lo diga.

—Llevo tres años saliendo con una chica en Uganda. No he contactado con ella aún por respeto a ti, pero sé que estará muy preocupada.

—Sí, imagino…

Si alguna vez en estos días he fantaseado con la idea de que Sirhan y yo pudiéramos tener algo más real y duradero, la idea se desploma tras sus palabras. Soy una idiota. Un chico así nunca estaría con alguien como yo. Tan complicada. Tan hecha un lío y tan boba.

—No quiero irme.

—Ni yo —le contesto sincera. Me escuecen los ojos pero me prometo no derramar ni una lágrima.

—No sé muy bien qué decir. De verdad, me hubiera quedado en ese poblado desconectado del universo entero, haciéndote mía cada noche durante el resto de mi vida.

162

Me hace sonreír, triste y a la vez halagada.

—No te creo.

—Pues créeme.

—Imagino que la vida es como es y que debemos seguir nuestros caminos.

—Me gustaría volver a verte antes de que te vayas.

—No creo que sea buena idea —sentencio con dureza.

—Pensé que tú también querrías.

Me muerdo la lengua para no decirle lo que yo querría, para no decirle que querría que nos acompañara, para no decirle que querría que pasase el resto de mis vacaciones a mi lado y para no decirle que incluso había fantaseado con la idea de que una vez yo me fuera a Australia él se viniera un tiempo de vacaciones conmigo, para pasear juntos por la playa, enseñarle mi país. Con lo realista y poco impulsiva que soy, y he estado a punto de soltárselo todo. Pero no. Él tiene su vida y lo mejor para mí y para mi futuro es seguir con la mía. Al fin y al cabo, es africano, y sé que no dejaría su tierra por nadie. Además, hay alguien en su vida, y eso es importante. Tampoco quiero separar una pareja, ni mucho menos. Estos días juntos han sido un sueño, algo que nunca olvidaré. Y algo que tiene que quedarse en la selva.

—Isla, di algo, por favor.

—Se hace tarde. Tenemos que ir a por mi madre y Enam, en nada estará aquí el piloto.

—Sí…

Sin pronunciar ni una palabra más nos dirigimos hacia el *quad* y volvemos al poblado. Le cuento a mi madre el plan y empiezan a prepararse para partir. Me doy cuenta de que, con la emoción y la conversación con Sirhan, no he leído el mensaje de mi madre Anne, que me había contestado a mi mail. Bueno, lo importante es que saben que estoy bien.

163

Sirhan está como ausente, sentado fuera de la que ha sido nuestra choza estos dos días. Me acerco a él.

—Hey, ¿Va todo bien?

—No, nada va bien.

—Sirhan.

—Da igual. Ya se me pasará.

—Quiero darte las gracias por todo lo que has hecho por mí estos días.

—No tienes que dármelas. Lo hubiera hecho por cualquiera.

—Bueno, vale. Gracias igualmente.

Lo noto molesto, así que prefiero dejarlo tranquilo. El corazón se me encoge al pensar que hoy es el último día que lo veré, pero trato de ser fuerte y hacer como si nada. Imagino que este será un capítulo más de mi vida, que recordaré cuando pasen los años.

Comemos algo rápido antes de partir todos juntos. Rahma se despide de su mujer y su hijo. Porque para él, Enam lo es. Me da un poco de pena el pobre hombre, pero son tantas las ganas de que mi padre descubra la verdad que no le presto más atención.

Una vez que lo tenemos todo en el *jeep*, Enam conduce hacia el pueblo donde está el mercado y donde ha quedado en esperarnos nuestro piloto. Sirhan habla con Enam en lingala y no entiendo nada. Al llegar, vemos a un señor con un cartel con mi nombre y nos acercamos a él. Sirhan le dice algo en su lengua bantú de nuevo y nos dice que ya está todo listo.

Caminamos durante unos cinco minutos a través de un pequeño campo; el helicóptero está posado en el medio. Un recuerdo fugaz de hace diez días me sorprende, pero esta vez no estoy sola ni perdida. Sirhan se despide de mi madre y de Enam, y los ayuda a subir el equipaje. Ellos dos se montan en el aparato y le pido a mi madre que le diga al piloto que me dé cinco minutos antes de irnos.

—Quítate de la cabeza todo lo que pasó en mi helicóptero, esas cosas no se repiten, ya verás —me pide Sirhan.

—Sí, lo intentaré. —No puedo reprimir las lágrimas esta vez.

—Hey, Isla, por favor. No llores.

—No pasa nada —digo mientras me seco los ojos con la mano—. Todo irá bien.

—Me jode tanto como a ti dejarte sola en estos momentos. Veámonos antes de que te vayas. Por favor.

—No, será más difícil. Quiero que sepas que estoy viva gracias a ti. Por curarme, por tener paciencia y por haber estado a mi lado día y noche.

—Gracias a ti, por enseñarme valores que no tenía. Por ser tan cabezota y hacerme reflexionar tanto.

Me lanzo contra su pecho y lo abrazo con tanta fuerza que creo que no podré soltarlo.

165

—Ha sido increíble, nunca olvidaré esta semana a tu lado, Sirhan. Ni a ti.

—Yo tampoco, pequeña.

Nos fundimos en un beso apasionado y subo al helicóptero.

—Llámame cuando aterricéis. Ten, es el número del teléfono público de la oficina postal. Me quedaré aquí esperando hasta que sepa que habéis llegado. Tu hermano lleva su móvil. No te olvides, por favor.

—Te lo prometo —le digo ya sentada en mi asiento.

Sirhan cierra la puerta del helicóptero y apoyo mi mano en el cristal en señal de despedida.

A través del cristal, veo a Sirhan mirándome a los ojos y sonriéndome, con esa sonrisa triste que solo se luce en las despedidas. Las lágrimas resbalan por mis mejillas, y mi madre apoya su mano en mi pierna, para que me tranquilice. Enam me cuenta que su tío viene a recoger a Sirhan en un par de horas o tres. Y me doy cuenta de que ni siquiera le he preguntado cómo iba a volver. Una parte de mí se siente como una mierda, pero otra parte se muere por mostrarle a mi padre que mi madre está viva.

El helicóptero empieza a despegar y a mí me parece una eternidad. Lo echaré de menos toda la vida, lo sé. Justo antes de elevarnos, Sirhan grita:

—*Nalingi yo!*

—¿Qué ha dicho? —les pregunto antes de perderlo de vista.

El helicóptero se eleva y hace cada vez más ruido.

—Que te quiere —me traduce mi madre y me aprieta la mano con cariño.

Lloro con las manos aún en el cristal y sin voz le grito un «te quiero» mudo, solo pronunciado con los labios. Y de repente, Sirhan queda atrás. Pequeño. Como si nunca hubiera sido real.

*T*res horas sobrevolando la selva y no puedo parar de mirar el paisaje, su espesura verde me recuerda la aventura que acabo de vivir a cada metro que avanzamos. Ya no soy la misma que era antes de este viaje.

—Tesoro, ¿puedo decirte algo? —pregunta mi madre insegura.

—Sí.

—No llores. Por favor.

—Es que ha sido tan… No sé explicarlo. Creo que me he enamorado.

—Sea como sea, si es para ti, lo será. Lo que está para ti nadie te lo quita.

—No creo en esas cosas, lo siento. Pero gracias. —Me seco las lágrimas y trato de dejar de pensar en mí—. Y vosotros, ¿estáis preparados?

—Uf… No, en absoluto. —Sonríe mi madre.

—A mí se me hace rarísimo —me confiesa Enam—. Pero tengo muchas ganas de conocer al hombre del que tanto me ha hablado mi madre. Aunque debo admitirte que me da cosa que no le haga gracia mi existencia.

—Papá no es así. Yo solo espero que no le dé un infarto. Imagino que estará esperando a que llegue el helicóptero. ¿Qué os parece si bajo yo primero? Con la emoción, no reparará en que hay más gente dentro. Cuando se tranquilice y vea que estoy bien, bajáis.

—Sí, será lo mejor. No vayamos a matarlo del susto.
—Me da la razón Enam.

—Para él será como ver un fantasma —añade mi madre.

—Estoy nerviosa, mamá. Por vosotros.

—Pues imagínate yo.

El vuelo transcurre con tranquilidad. El piloto nos indica que ya estamos llegando y que nos disponemos a aterrizar en cinco minutos. Le doy la mano a mi madre durante todo el aterrizaje. Gracias a Dios, hemos llegado a salvo. Me despido de Sirhan mentalmente. Me despido de este capítulo de mi vida y me despido de la vida que en algún momento me atreví a imaginar.

Las hélices van perdiendo fuerza cuando veo a lo lejos, al lado de un *jeep* verde botella con el logo del orfanato, a Steve con Narel y Aurora. Me muero por abrazarlos. Espero a que el piloto me abra la puerta y salgo corriendo hacia ellos. Narel corre hacia mí, Steve y Aurora lo siguen.

—Isla, ¡menos mal!

Narel me abraza y me levanta celebrando que estoy aquí sana y salva.

—Papá. —Me lanzo a sus brazos—. Lo siento.

—No vuelvas a desaparecer nunca más. Por favor, te lo ruego. —Me besa la frente, como siempre hace, y me abraza y llora.

—No llores, que estoy bien.

—Uf, no sabes cómo lo he pasado. He revivido tantos momentos; ha sido un infierno.

—Au, preciosa, hola —saludo a mi cuñada, y ella me besa la mejilla y me abraza.

—Isla, por fin —me dice Aurora aliviada.

Mi padre me mira como si yo fuera un milagro y siento que ha llegado el momento.

—Papá, tengo que contarte algo.

—¿Qué ocurre, te han hecho algo?

—Nooo, tranquilo. —Sonrío—. Es muy largo de explicar, así que será mejor que lo veas con tus propios ojos.

Le señalo el helicóptero y veo a mi madre aún detrás de la ventanilla, llorando. Abre la puerta ella misma y sale despacio. Mi padre está paralizado. Se miran fijamente a los ojos. Niega con la cabeza y mi madre le sonríe tímida, como si tuvieran veinte años aún. Él vuelve a negar y, sin mirarme, me dice:

—Isla…, qué… —Vuelve a quedarse mudo.

Veintiséis años. 312 meses. Casi 9.500 días sin dejar de pensar en ella. En su recuerdo. Y ahora, está en carne y hueso ante sus ojos. Ninguno de los dos se mueve hasta que ella da un paso. Mi padre continúa estático. Su expresión es similar a la de haber visto un ángel en persona. Se queda mudo, como si todo hubiera quedado dicho ya en su diario, aquel que nunca más podré tener entre mis manos. Me percato de que lo único valioso que he perdido en la selva es el diario de mi padre que tantas veces releí.

Mi padre sin palabras. Mi madre llora y avanza hasta él.

Narel y Aurora se dicen algo al oído, y yo solo puedo disfrutar de este momento. Magia en estado puro.

Mamá llega frente a Steve, y él la abraza de un modo que en ninguna película podrían recrear. Se abrazan con tanta pasión, con tanto amor, que se me eriza toda la piel. Aurora llora y Narel también la abraza. Me acerco a Enam, que está aún al pie del helicóptero, emocionado por su madre, y le cojo de la mano para que se acerque a ellos. Nos

169

acercamos a nuestros padres, que parecen estar en otro mundo, ambos con los ojos cerrados sintiéndose en los brazos el uno del otro tras veintiséis años.

Cuando mi padre al fin suelta a mi madre para poder verle la cara, me mira a mí de reojo y entonces se fija en Enam. Abre los ojos de par en par. Es su viva imagen, eso es innegable.

—Steve, tengo tanto que contarte...

—¿Quién es? —le pregunta sin dejar de mirar a Enam.

—Cuando me fui, no tenía ni idea de que estaba embarazada.

—No puede ser. —Mi padre se echa las manos a la cabeza al descubrir que tiene otro hijo.

Ahora sí, sin poder contener su emoción, se echa a llorar y Enam se acerca a saludarlo.

—Hola, me han hablado mucho de ti...

Enam estrecha la mano de mi padre y este le da un abrazo escueto pero sincero.

—Dios mío. ¡Es un milagro! Isla, no tengo ni idea de cómo lo has hecho, pero tardaré un buen rato en asimilarlo.

Nos reímos todos y hago las presentaciones oportunas a Narel y a Aurora, que tampoco dan crédito. Nos dirigimos todos juntos al *jeep* para ir al orfanato por fin. Una semana larga después de lo previsto, pero hacia el destino correcto, al fin y al cabo.

Durante el trayecto, mi padre y mi madre no dejan de mirarse, incrédulos, en los asientos delanteros, mientras mis dos hermanos, Aurora y yo hablamos sobre todo lo ocurrido estos días. Les cuento todo, excepto lo de Sirhan. Mis padres siguen en silencio; imagino que querrán hablar a solas.

Diez minutos más tarde entramos a la reserva del orfanato. Un emplazamiento precioso, lleno de grandes árboles, cuerdas y lo que parecen escaleras y objetos para que jueguen los gorilas. Parece un lugar idílico y estoy segura de que lo es. Pasamos por debajo de un arco cuadrado de madera con un gran cartel que anuncia: «Orfanato Ashia».

—¿Lleva mi nombre? —dice mi madre sin dar crédito.

Lo que debe de estar sintiendo es inigualable: su gran sueño, todo lo que siempre anheló tener. Él lo construyó por ella y para ella. Ashia. Su amada mujer.

—Hay algo que nunca le he dicho a nadie... —Aún en el *jeep*, mi padre se dirige a mi madre pero mirándome a mí también—. Construí este lugar no solo en honor a ti, sino porque en el fondo de mi corazón sentía que estabas viva; no podías haber desaparecido de la faz de la tierra. Y solo quería que si algún día volvieras, fueras la mujer más feliz del mundo. No lo hice por ti, sino para ti.

Aurora está tan emocionada como yo, y mi madre no puede parar de llorar.

Bajamos del *jeep* y mi padre nos enseña el precioso espacio que ha creado. Todo construido con madera, cañas y hojas de palmera; me parece de ensueño. Tiene un aire a todo lo que he visto hasta ahora, pero se nota que mi padre no es africano, tiene ese toque australiano que tanto conozco. La verdad es que es realmente impresionante. Está lleno de gorilas jóvenes saltando y andando entre las cabañas. Cuando llegamos a la zona de enfermería, mi madre se detiene.

—Steve, es tal cual lo planeamos.

—Sí, fui fiel a cada una de las veces que lo imaginaste y me describías hasta los mínimos detalles...

—No puedo creerlo. No puede ser real.

—El que no puede creerlo soy yo. Ashia. Lo siento. Perdóname.

Mi padre se para frente a mi madre y le toma las manos. Como si estuvieran a solas.

—Fui un insensato, un egoísta. Sé que jamás me perdonarás lo que ocurrió, pero necesito que sepas que no hay un día que no lo lamente.

Mi madre le suelta una mano y le acaricia la cara.

—Steve, no tienes de qué preocuparte. Éramos jóvenes... Lo importante es que estoy aquí. Que estamos vivos y que has construido este maravilloso lugar.

—Tengo tantas cosas que enseñarte...

Los demás contemplamos la escena y no podemos evitar emocionarnos.

—Tengo miedo a preguntarte qué te ocurrió. Solo de pensar que alguien te pudo hacer daño... —La cara de mi padre empalidece.

—Nadie me hizo daño. Quiero contártelo todo, pero te agradecería que pudiéramos entrar y beber un poco de agua. Estoy un poco sobrepasada por la emoción y me siento algo mareada.

—Por supuesto. Vamos dentro, chicos.

—Creo que es mejor que nos quedemos por aquí dando una vuelta —les digo a mis padres.

—Sí, Steve, yo también me quedo con ellos, tenemos tiempo de conocernos luego —le dice Enam a nuestro padre, que asiente.

Los veo entrar juntos, solos los dos, en la enfermería, y todo en lo que puedo pensar es en que la vida tiene maneras de manifestarse que jamás hubiera imaginado. Me acuerdo de Sirhan y de que estará esperando mi mensaje. Enam me tiende su móvil y logro mandar un SMS con la poca cobertura que hay. Prefiero no llamar. No puedo.

A la atención de Sirhan. Hola :) Disculpa que no te llame,

estoy algo aturdida aún. Hemos llegado bien. Gracias por esperar. Comfío en que tu viaje de vuelta sea leve. Por favor, cuídate mucho y no cambies jamás. Eres un héroe. Mi héroe. *Nalingi yo.*

Le doy a enviar y me prometo a mí misma empezar a pasar página cuanto antes de esta bonita historia. Estoy segura de que me ha servido para llegar viva hasta aquí. Sin él, sin nuestra relación, yo me hubiera rendido. Pero nuestra pasión y nuestras ganas me mantuvieron viva y a salvo. Y gracias a ello he podido llegar hasta aquí y reunir a mi familia.

—¿Cómo está Sam, chicos? —pregunto por mi sobrina mientras acariciamos a una pareja de gorilas jovencitos que son hermanos.

—Sam está genial. No entendió muy bien por qué no podía venir, pero no le hemos contado nada; no queríamos preocuparla. Creo que es buena idea que la llames. Ya sabes lo lista que es, y me da miedo que se huela algo y lo pase mal.

—Sí, claro, ahora la llamamos.

—¿Y vosotros qué tal estáis?

—Genial. De hecho, hemos decidido, después de leer tu *e-mail*, que vamos a viajar a California.

—¿De nuevo?

—Sí —responde Aurora—. Creo que ya va siendo hora de que les dé una explicación a mis amigos. Ya sabes, John y Cloe. Hace ya casi siete meses que me fui y aún no les he escrito. Me temo que estarán muy preocupados. Cuando sucedió lo tuyo y estuvimos tan asustados por ti, esas noches en vela, con mil ideas rondándonos la cabeza, me di cuenta de que fui un poco insensata yéndome sin dar ninguna explicación y dejando a mis amigos tirados.

—Creo que es la mejor idea que habéis tenido.

—Sí, ahora que tengo un mes de vacaciones aprovecharemos también para visitar a mis amigos Jake y Flor —nos cuenta Narel.

—Los chicos del Santuario. Han tenido ya al bebé, ¿no?

—Sí, nació hace un mes. Y nos invitaron hace ya tiempo a visitar su nueva casa. Así que aprovecharemos para visitar a amigos y desconectar de la tensión de los últimos días.

—¿Os dais cuenta? Parece que todo ocurre por una razón. Como si cada accidente ocurrido en esta larga semana haya sucedido para llegar al desenlace esperado.

—Yo siempre he creído en el destino —dice Aurora abrazando a Narel.

—Yo no lo hacía. Pero ahora ya...

174 —Y dinos, ¿nos vas a contar más anécdotas de la selva o no?

—Pues no hay mucho más que contar... —miento y cambio de tema—. Enam, perdona, que estamos aquí hablando de nuestras cosas. ¿Cómo te sientes? Extraño, ¿no? —le pregunto para frenar las ganas locas que tengo de hablar de Sirhan.

—La verdad es que siempre imaginé que tarde o temprano tendría que conocer a mi verdadero padre. Lo que nunca creí es que fuera dentro del sueño de mamá. Tantas veces me contó cómo sería su orfanato ideal. Detalle por detalle, tu padre lo ha recreado a la perfección. No puedo ni imaginarme lo increíble que será para ella.

—Ya lo creo...

Nos sentamos en unas hamacas enfrente de una piscina enorme mientras esperamos a que Steve y Ashia salgan. Empieza a oscurecer y, por primera vez desde que estoy en el Congo, a pesar de estar rodeada de toda mi familia, me siento sola. Y me parece surrealista no haber tenido esta sensación en todos los días que pasé realmente sola en medio de la selva. Pasamos dos horas hablando de todo un poco y conociendo a Enam cada vez más. Parece un buen chico, aunque su manera de pensar es más parecida a la de Sirhan que a la de Narel. Es lo normal por su educación, pero se me hace raro.

16

Tras tres horas paseando nosotros por el orfanato y nuestros padres hablando a solas, nos sentamos todos juntos en una larga mesa de madera enfrente de la cabaña principal, donde viven mi padre y los veterinarios. El ambiente es entrañable. Con las emociones a flor de piel, le cuento a mi padre todo lo ocurrido, detalle por detalle, esta vez incluyendo a Sirhan; no lo puedo evitar. Necesito soltarlo. Cómo fue el accidente, los primeros días en la selva, el poblado, los furtivos, cómo encontré a mi madre y a Enam, y aunque todo suena descabellado, todos sienten que no puede ser obra de nada más que el destino. Estamos felices y tranquilos, y después de más de dos horas tratando de explicar y entender todo lo ocurrido, llega la gran pregunta. La hace Steve:

—¿Cuál es el plan ahora? ¿Te irás cuando tenías previsto?

—Pues lo cierto es que sí. Tampoco lo he pensado mucho, pero no sé, he de empezar a buscar trabajo en Australia, o cada vez será más difícil.

—Claro —dice mi padre con un halo de tristeza.

Sé que le encantaría que mi madre, Enam y yo nos quedáramos, y ser la familia que deberíamos haber sido, pero la vida no es un cuento de hadas. La vida puede tener momentos como este. Tan locos y surrealistas que te hacen creer que es real, aunque esta no sea tu realidad. Al final, siempre ocurre algo que te recuerda que tu vida va en otra dirección.

—Sabes que puedes quedarte el tiempo que haga falta.

—Sí, lo sé, papá.

En toda la velada nadie vuelve a sacar el tema de qué será de nosotros después de esta noche. Imagino que papá y mamá tienen mucho de que hablar aún y siempre es mejor fluir.

Nos acostamos temprano pues ha sido un día intenso. Por fin puedo dormir en un colchón normal. Tengo una habitación para mí sola que es lo más parecido a Australia que he visto en todos estos días. Hoy ha sido un día precioso. Aún me siento emocionada y feliz, pero hay una parte de mí que está insatisfecha. Es la primera noche que dormiré lejos de los brazos de Sirhan y se me hace raro. Como si llevara haciéndolo años y ahora estuviera sola.

Es increíble el modo en que un accidente puede unir a dos personas. Me cuesta conciliar el sueño y no paro de pensar por qué Sirhan no ha contestado mi mensaje. No paro de dar vueltas en la cama y el no poder dormir me pone de mal humor. En un solo instante todas mis esperanzas de volverle a ver se desvanecen. Entre vuelta y vuelta, empieza a entrarme el sueño pensando y recordando todos los momentos que hemos pasado juntos.

Al día siguiente mi madre entra en mi habitación para despertarme. Está radiante, parece otra.

—Buenos días, tesoro.

—¿He dormido mucho?

—Lo necesitabas...

—¿Qué hora es?

—Las doce, pero tranquila. ¿Te apetece algo de desayuno?

—Mmm sí... Pero cuéntame antes, ¿qué ha ocurrido? —le pregunto como si la conociera de toda la vida.

—¿Con tu padre?

—No, ¡con Will Smith! Claro, mamá...

—Uf... —suspira—. Pues nos hemos pasado toda la noche hablando, le he contado toda la historia, y hemos llorado, reído... Un cóctel de emociones. Apenas hemos dormido.

—¿Ha pasado algo entre vosotros?

—No... Demasiadas emociones. Pero hemos dormido abrazados. Me siento como una cría.

—¿Te sientes mal por Rahma?

—No me siento mal por amar a tu padre, ni por lo que pueda pasar entre él y yo. Me da pena, porque después de todo lo que ha hecho por nosotros no puedo abandonarlo.

—Mamá..., sí puedes. Es tu vida. ¿Lo entiendes?

—Es muy complicado, cariño, ya se verá. Por ahora, voy a disfrutar con vosotros y conocer este precioso lugar.

—Sí, yo igual.

—¿Tú cómo estás?

—Muy bien —miento.

—Tesoro, a mí no me engañas.

Por primera vez siento que mi madre me conoce.

—Bueno... Lo superaré.

—¿Qué pasó exactamente entre vosotros?

—Que una vez más me enamoré de la persona equivocada.

—Pues a mí me pareció buen chico.

—Sí sí, no es eso... Es solo que él tiene su vida. Y yo acabo de encontrar la mía. Imagino que no debería haber imaginado películas entre nosotros.

—¿Qué imaginaste?

—Él y yo, aquí, con vosotros. Durante el tiempo que me queda en África, no sé, tampoco mucho más, pero jamás pensé que nos separaríamos tan rápido. Tan fácil. Tiene a alguien.

—¿Te lo dijo él?

—Sí.

Mi madre ladea la cabeza y me acaricia la mejilla.

—Vaya, lo siento, hija.

—No pasa nada. Es un momento feliz. Se me pasará.

—Seguro que sí. Vamos a desayunar, tesoro. El desayuno lo cura todo.

—Sí. —Sonrío y me visto con ropa limpia que tiene mi padre de las trabajadoras del orfanato. Con su logo en la camiseta, me siento formar parte de todo esto.

Todos han desayunado ya. Narel y Aurora están con Enam preparando la comida de los gorilas junto a los cuidadores del orfanato como si fueran uno más. Papá está en el escritorio ordenando papeles y trabajando en el ordenador.

—Buenos días, cariño.

—Papá. —Lo saludo con un beso en la mejilla.

—¿Has dormido bien? ¿Cómo está esa pierna?

—Ya casi curada del todo.

—Me alegro. Vamos, desayuna, que me muero de ganas de enseñarte todo esto y presentarte a los pequeñines, ahora que ya estás hecha toda una experta.

—¡Anda ya! —Me río.

—Lo que hicisteis de liberar al pequeño con el grupo, de nuevo, fue la mejor decisión, créeme. Aquí es muy difícil hacerlo pasados los meses de contacto con los humanos. Pero en ello estamos trabajando.

—Fue idea de Sirhan.

—Es un buen tipo. Coherente.

—¿Lo conoces mucho?

—Hemos volado juntos varias veces. Y hemos hablado bastante pero nunca sobre él, ahora que lo pienso. Sobre el orfanato, la selva, la aeronáutica... Caigo en que a mí me pasó lo mismo, que apenas le pregunté cosas ni hablamos sobre él. Y ese fue mi error. Me hubiera gustado saber más sobre él y sus sentimientos. ¿Qué pasó entre vosotros?

—Lo que te conté anoche...

—Anoche me contaste que os acostasteis un par de veces, pero esta mirada no es de haber tenido sexo con un chico y nada más, hija.

—Pues no lo sé, papá. No sé lo que siento.

—Pues date tiempo.

—Sí...

—Y ahora, vamos, desayuna y vamos a conocer el orfanato.

Mamá se ha unido a los demás, y papá y yo salimos vestidos con el uniforme a conocer las instalaciones y a los gorilas con más detenimiento. Me muestra todo el trabajo del que tanto me ha hablado; es un lugar de ensueño.

Los animales no parecen vivir en cautividad, hay grandes espacios de selva vallados, lo que hace que puedan estar en su hábitat pero a la vez protegidos y alimentados, aunque sus madres ya no estén. Durante el día pasan las horas en su zona de bosque, y a la tarde entran a sus habitáculos, dentro del pabellón principal, donde se les da su cena y pueden dormir tranquilos. Por la mañana se les sirve el desayuno y otra vez vuelven a salir al bosque, donde los cuidadores han escondido trozos de fruta y comida para que los gorilas agudicen su sentido del olfato y aprendan a buscarla por ellos mismos. Crean fuertes lazos con sus cuidadores, pero no se les deja interactuar con nadie más para que no se «impronten» demasiado con los humanos. Me siento orgullosa del proyecto de mi padre, y mi madre no da crédito. Se acerca a una pequeña gorila bebé y le pide al cuidador que le permita darle el biberón.

La imagen de mi madre amamantando a la pequeña gorila se me graba en las pupilas. Tal cual siempre la imaginé. Un sueño hecho realidad. Una nueva vida. Dos lágrimas recorren sus mejillas justo antes de dedicarle un «gracias» sincero a mi padre.

—No podía hacer menos. Tú eres este lugar.

Mamá llora abrazada a la gorila y sé que no se podrá ir. Que este es su verdadero hogar y que ahora empieza su vida de nuevo. Me acerco y acaricio a la pequeña mientras abrazo a mi madre, y por primera vez pronuncio un «te quiero» dedicado a la mujer que me dio la vida.

Comemos y pasamos el resto del día juntos aprendiendo cada vez más de los gorilas y sus vidas. Ya son las cinco de la tarde y acabo de hacer las curas a la patita de uno de los gorilas más mayores del orfanato siguiendo las pautas de mi madre. La gorila —es una hembra— me abraza fuerte y no quiere que me vaya como si me conociera de siempre.

—Si quieres, puedes llevarla a la cabaña contigo. Es una veterana y es la mimada de la familia —nos explica mi padre.

—¿No se improntará demasiado?

—Sí, sin duda. Pero a *Kore* nunca podremos liberarla, tiene una enfermedad que le crea úlceras en la piel y necesita curas casi diarias. Aquí puede hacer una vida lo más parecida a la que tendría en la selva. Así que, si quieres, puedes dar un paseo con ella sin problema.

—Me encantaría.

Tras una hora siguiendo a *Kore* por todos los rincones del orfanato nos acercamos al porche de la cabaña donde están hospedados Narel y Aurora. Aurora está dibujando algo en unos folios a lápiz.

—¿Podemos? —le pregunto, de la mano con *Kore*.

—Claro, qué bonita es *Kore*. Esta mañana le hemos dado de desayunar con tu padre. ¿Como te encuentras, Isla? —me pregunta Aurora.

—Bien, creo que ya se me ha pasado el *shock*. —Nos reímos.

—¿Y tú? ¿Te encuentras bien? —le pregunto a Aurora, por lo de su enfermedad.

—La verdad es que estupendamente, ahora lo que más me preocupa es la reacción de mis amigos cuando me presente en San Francisco dentro de diez días.

—Ya... Ha pasado un año. Se alegrarán de verte y luego te regañarán. —Volvemos a reírnos—. No, en serio. Se alegrarán tanto de saber que estás bien... Has esperado demasiado.

—Lo sé. Y cada vez es más difícil volver.

—Todo irá bien.

—Eso espero.

Narel sale de la cabaña y saluda a la pequeña *Kore*.

—Chicas, voy a llamar a Sam, ¿os venís?

—Sí —contestamos yo y Au al unísono.

Vamos a dejar a *Kore* en su habitáculo, pues ya está anocheciendo y nos dirigimos a la casa de mi padre para mantener una videoconferencia con Sam. Tardamos una media hora en lograr conectarnos, aquí la cobertura de Internet es muy precaria.

Por fin veo a mi pequeña al otro lado de la pantalla junto a mis padres, Anne y Kyle. Es extraño esto de tener dos padres y dos madres. Están emocionados de verme y la conversación se centra en nosotros, luego aparece Sam corriendo por detrás gritando nuestros nombres: «Capitán Ballena, tía Isla, Aurora». Siempre tan alegre. Se me escapa una lágrima de emoción y a mi madre Anne, también. Me cuentan que lo han pasado muy mal al no tener noticias nuestras y me piden que no tarde en volver. Me doy cuenta de que nadie les ha explicado lo de mi madre, y les digo que les escribiré un *mail* ahora mismo contándoles todo lo ocurrido con más detalle. Se les ve tranquilos y cansados. Sam toma el protagonismo y el peso de la conversación lo llevan ahora ella y su padre.

Cenamos de nuevo juntos contando anécdotas del día y mi padre nos propone fijar un plan de trabajo para cada uno en el orfanato, a lo que todos, especialmente mi madre, asentimos emocionados. Nos quedamos hasta tarde tomando vino y riéndonos de las anécdotas de papá con los gorilas. Es lo más parecido a una cena familiar que hemos tenido nunca juntos. Enam, que se ha pasado el día aprendiendo cosas de papá, se muestra orgulloso y feliz. Y yo me siento agradecida de la suerte que he tenido.

Esta noche no me cuesta dormir. Me acuesto y trato de no pensar en nada más que en las estrellas y sus latidos.

$\mathcal{H}$an pasado ocho días desde que llegamos al orfanato y mis rutinas diarias de cuidadora me tienen todo el día ocupada. Papá ha dado el día libre a cuatro de sus trabajadores y estamos haciendo sus tareas. Yo me he centrado en la alimentación de los gorilas e incluso, aprovechando mis estudios, le he propuesto a mi padre introducir dos especies herbáceas autóctonas que abundan en el Congo y dos variedades de frutas más en sus dietas.

Mi padre está orgulloso de mis consejos y les pide a los chicos que se encargan de hacer la compra de alimentos que localicen dichas plantas y frutas para añadirlas a los menús. Me siento realmente útil tras mucho tiempo sin saber muy bien qué hacer. Se me ocurre incluso estudiar un máster sobre alimentación de animales salvajes al volver a Australia y enviarle a mi padre estudios para ayudarlo a mejorar sus dietas. Que no es que estén mal, solamente que en la selva los gorilas tienen cientos de alimentos a su alcance a los que aquí no pueden acceder. Y sería interesante proporcionárselos para que cuando estén libres sepan reconocerlos y recolectarlos.

Han sido días muy especiales y llenos de amor. En el orfanato he pasado el mismo número de días que los que pasé perdida en la selva con Sirhan y los recuerdos empiezan a volverse borrosos, no porque no los recuerde con claridad, pues no hay día que no los reviva, sobre todo antes de irme a dormir, sino porque empiezo a dudar de que lo que yo creía real, sus sentimientos y las cosas que me decía, no fueran más que fantasías mías sobre lo que yo esperaba que él sintiera. Es triste cuando historias de amor tan intensas acaban así, pero imagino que más vale una retirada a tiempo, que más días juntos para luego separarnos hubieran hecho más difícil todo.

Hoy es mi jornada libre, y es uno de esos días grises, de bajón. Debo admitirlo, lo echo de menos y me gustaría por lo menos saber algo de él. He pensado en pedirle a mi padre el contacto del tío de Sirhan, seguro que lo tiene, pero me obligo a no hacerlo. Si él quisiera saber de mí, lo tiene facilísimo. Él sí tiene el contacto de mi padre. Creo que eso es lo que más me fastidia y lo que más me hace dudar de los sentimientos que experimenté con él en la selva; la sensación de que eran reales se va diluyendo con cada día que pasa y él no ha aparecido.

Enam entra en mi cabaña y me sorprende aún perezosa en la cama.

—Hermanita, vístete. Tengo que enseñarte algo.

—No me encuentro muy bien hoy.

—Oh, vamos, no seas quejica. He preparado unas dianas para enseñarte a disparar.

—¿Enseñarme a disparar? ¿En serio?

Estos días junto a Enam nos han unido mucho. Tenemos muchas cosas en común y parece que, al igual que yo, es un tipo de palabra. El otro día le conté que quería perderle el miedo a las armas y me prometió que él me ayudaría. ¿Para qué dije nada?

—Sí, en serio. Será mejor que sepas disparar si sigues trabajando aquí. Nunca se sabe cuándo puede hacer falta empuñar un arma.

—Eso ha sonado a película.

—Aquí cada día puede ser una película.

—Sí, dímelo a mí. —Recuerdo con pena el día que entraron los rebeldes a quemar el poblado.

Me visto con mi ropa y me recojo el pelo en una coleta. Salimos juntos hacia un campo abierto que hay a unos mil metros del orfanato para no molestar con el ruido a los animales. Enam lleva unos altavoces para que los disparos se disimulen con la música y yo me preparo para lo que jamás pensé que tendría que hacer.

—Está bien, ¿ves esas dianas? Vamos a probar primero con una pistola. Después iremos con una de gran calibre.

—Estás bromeando.

—No, hermanita. Coge esta.

Enam me muestra cómo disparar una pistola y tras media hora me atrevo a hacer mi primer disparo. *PUM.* Todo lo que siento es adrenalina.

Enseguida le pongo tantas ganas que parece que lleve años practicando. En la radio suena música africana y no puedo sacarme a Sirhan de la cabeza.

—Ya es hora de cambiar de arma.

—Creo que seguiré con la pistola.

—No, coge esto.

—Es una puta metralleta, ¿estás loco?

—No lo estoy, pero no quiero que vuelvas a estar en peligro si alguna vez vuelves a perderte en la selva —me grita al oído para hacerse oír por encima de la música.

Cambio la emisora y suena una canción que he oído alguna vez que otra, pero a la que nunca hice mucho caso: *Into the wild,* de Phillip Phillip. Y es automático. Me identifico con su letra:

And I'll follow you into the wild, into the wild.
I won't change you, I won't change you.

Me enfurece sentir tan dentro esta canción. A todo volumen en la radio parece que vaya directa a mis entrañas. Agarro la metralleta, apunto a la diana y miro a Enam durante un segundo mientras suena la canción a todo volumen. *Into the wild, into the wild...* Y me siento salvaje, africana y con ganas de cambiar el mundo.

Disparo con toda la furia que puedo y, para mi sorpresa, no sale ni una bala. Siento que unos brazos me agarran por detrás, y en una milésima de segundo imagino lo peor y se me corta la respiración. La sorpresa me la llevo cuando siento sus labios en mi cuello.

—Isla...

—Sirhan. —Me zafo de sus brazos para darme la vuelta.

Su mirada fiera, directa a mis pupilas. La música sigue sonando a todo volumen y ahora sí me siento en una película. Salto a sus brazos y él me sostiene sin esfuerzo hasta dejarme sentada en sus caderas, y nos besamos con tanta pasión como la primera noche. Como si no hubiera nadie más. Y el beso dura todo lo que dura la maldita canción. Como si la misma lo hubiera invocado y personificado por arte de magia.

—¡Dios mío! Estás aquí. No te he oído llegar.

—Tengo un buen cómplice.

Sirhan guiña el ojo a Enam y mientras me suelta, le estrecha la mano y le da un abrazo.

—¿Tú lo sabías?

—Algo así.

—Estáis locos, ya os vale. ¿Qué haces aquí?

—Parejita, yo me vuelvo al orfanato. Tendréis mucho de qué hablar.

Enam se aleja en el *quad* y nos deja a solas.

—¿De verdad crees que iba a permitir que dispararas una de estas sin mí?

—¿Esto ha sido idea tuya?

—No, pero me ha ido perfecto para sorprenderte.

—¿Qué haces aquí?

—Venir a buscarte.

—Han pasado ocho días.

—Sí, seis de ellos de lluvias torrenciales que me impedían volar. Porque si no, te aseguro que hubiera venido a por ti el segundo día.

Lo vuelvo a abrazar, incrédula de que esté aquí.

—No te esperaba.

—Yo no podía esperar más.

—¿Qué ha pasado con todo?

—Arreglé los papeles del helicóptero, visité a mi tío, al que casi le da un infarto, lo dejé con la chica y alquilé un helicóptero para reunirme contigo.

—Estás loco.

—Sí, mucho. Por ti.

Sonrío y Sirhan me abraza haciéndome sentir pequeña en sus brazos. Está guapísimo. Rapado y sin barba. Parece otro.

Tengo un centenar de mariposas volando en mi estómago.

—¿Me enseñas lo que has aprendido?

—Se nota que mi hermano domina estas cosas.

—Sí, aquí es algo que todos dominamos, por desgracia.

Sirhan coge la metralleta y la carga. Maldito Enam, haciéndome creer que tenía que aprender a disparar este trasto. Y Sirhan descarga toda la munición sin fallar un tiro en la diana. Está violentamente sexi e irresistible, y siento por todos los poros de mi piel que hace demasiados días que no le hago el amor.

Sirhan suelta el arma y me mira muy serio.

—Nunca permitiré que te haga falta usar una de estas.

—¿Ah, no? ¿Y cómo lo harás?

—Cuidando de ti.

—Yo me cuido solita. —Sale mi vena feminista sin poder evitarlo.

—Pues entonces, me cuidas tú a mí, ¿qué te parece?

—Pues me gusta la idea.

Nos reímos y nos fundimos en otro beso.

—Te veo bien —me dice.

—Tú estás guapísimo.

—Tú si que lo estás —me dice y me muerde el cuello, fuegos artificiales una vez más.

—Necesito hacerte el amor, me he pasado cada noche deseándote, siento decírtelo así de directa.

—Me encanta que seas tan directa. Creo que podré acostumbrarme. —Se ríe con ironía—. ¿Qué te parece si nos acercamos al río y nos damos un baño?

—Estás loco.

—Sí, es la segunda vez que me lo recuerdas en menos de diez minutos.

El río queda a escasos metros y nos dirigimos hacia él sin dudarlo. Nos desnudamos, como si volviéramos a estar perdidos en medio de la nada. El orfanato queda a media hora andando y la posibilidad de que alguien nos descubra es remota. Además Enam ya habrá contado que Sirhan está aquí.

Hace calor a pesar del día gris. La niebla cubre espesa el cauce, haciendo que apenas se vea más allá de cinco metros. Rememorando la primera vez, nos metemos en el agua. El calor y el sudor se esfuman de nuestros cuerpos. Oigo de fondo la canción *You don't know me* de Bisa Kdei, sonando en los altavoces de mi hermano. El agua me cubre casi por encima de los hombros, pero a Sirhan apenas le llega al pecho. Me acerca a él y me vuelvo a enredar con mis piernas en su cintura, desnudos, envueltos por la niebla a orillas del río Congo, y siento su erección entre mis piernas.

Esta vez soy yo la que lo busca sin importarme nada y hago que entre dentro de mí. Lo sorprendo y suelta un gemido desgarrador. Le tapo la boca y empiezo a moverme contra él con fuerza; él me ayuda con una mano mientras con la otra me agarra el cuello con delicadeza y me lo besa, ejerciendo cada vez más presión. Me cuesta respirar, y la suave asfixia que producen sus dedos en mi garganta me excita hasta casi perder el control. Cada vez que me embiste, ejerce una suave presión y al instante afloja la mano para que pueda tomar aire. No puedo soportarlo. Es demasiado. Demasiado placentero. Me domina, me hace suya y me vuelve loca una y otra vez. En menos de quince minutos de embestidas y besos desesperados, sintiendo su aliento en mis labios, su boca, su lengua, llegamos juntos al orgasmo. Un orgasmo brutal, renovador y magistral. Me atrevería a decir que el más intenso que he sentido jamás. Porque está teñido de reencuentro, enamoramiento y gratitud.

Después de la pasión pasamos varios minutos abrazados, en este insólito y despoblado rincón en la ribera del río, y somos dos personas nuevas.

La pasión. Ha sido nuestro motor desde el principio y nos es imposible frenarla. Me quedaría aquí haciéndole el amor una vez tras otra. Junto a este hombre he descubierto mi sexualidad, nunca me había sentido así. Me siento diosa cuando me toca. Como si cada poro de mi piel se convirtiera en magia cuando él me roza. Mi corazón, mi alma, todo se desboca cuando sus labios me rozan. Y por primera vez no me siento culpable por anhelar el sexo. Por desear entregarme hasta la saciedad y por cometer locuras sin importarme desnudarme en medio de la selva, de un río o de un poblado abandonado de la mano de Dios.

Por primera vez acepto mi cuerpo con sus defectos, con

sus varices, con mis imperfecciones que él ve perfectas. Y me gustaría gritar al mundo entero, a cada una de las mujeres, que se quieran, que son valiosas, y que anhelar una piel contra la tuya no te hace ser una mala mujer ni una desesperada, todo lo contrario. Te hace ser mujer. Divina. Creadora de vida. Animal. Salvaje y viva. Como una fiera. Una loba. A las mujeres se nos ha hecho creer que debemos moderar nuestro temperamento, moderarlo para que sea socialmente aceptado. Y lo hacemos incluso entre nosotras mismas, entre mujeres. Nuestras ancestras que venían de estas tierras que estoy pisando descalza, las mujeres fieras de hace miles de años se encontraban en su estado psíquico natural, eran animales, con sus instintos y necesidades, nadie las juzgaba; pero algo ocurrió, un giro de los acontecimientos, de la sociedad, nos convirtió como a los lobos, en seres domesticados con nuestros instintos naturales adormecidos.

191

Se dice que las mujeres fieras de la actualidad son aquellas que tienen hambre en el alma. Aquellas que, hambrientas de cosas espirituales, sienten que no encuentran su lugar en este mundo; no quieren seguir adormecidas y con miedo por lo que puedan decir los demás. Pero esto aquí en África no ocurre. Aquí puedes andar y correr con los senos al aire. Encontrarte y volver, como yo he hecho a lo largo de este viaje, al origen, a la mujer ancestral que llevas dentro. A la mujer fiera que todas somos. Aunque muchas aún no lo sepan. La pasión, la pasión lo cambia todo.

Epílogo

20 días después

Veo a Jake acercarse con su ranchera por el verde sendero que lleva al lago. Este paisaje es precioso; nunca había estado antes en Estados Unidos y Tennessee me parece un lugar entrañable, como en las películas. Lo esperamos al otro lado de la gran puerta de madera que delimita su propiedad. Tengo muchas ganas de conocerlos a él, a Flor y a su pequeñín. Aparca la ranchera a un lado del camino y nos saluda con energía mientras baja del vehículo.

—Bienvenidos a Tennessee, familia.

—¡Hermano! —Narel y Jake se abrazan.

—Hola, Jake —saluda Aurora, que también lo conoce.

—Tú debes de ser la famosa hermana de Narel —me dice con cariño y me da un abrazo sincero—. Encantado.

—Hola, es un placer. Esto es precioso —le digo sincera.

Jake me dedica una sonrisa y saluda a Sirhan estrechándole la mano primero y con un abrazo a continuación.

—Yo soy Sirhan —le dice algo cortado.

—Si lo sé, me han hablado mucho de vosotros —dice Jake refiriéndose a Narel—. Y de vuestra aventura por la selva. Sois unos héroes. Vamos, adelante y bienvenidos.

—¿Está Flor en casa? —pregunta Aurora mientras sube a la camioneta.

—Sí, está dando el pecho al pequeño —nos cuenta Jake.

—Al final os decantasteis por el nombre del abuelo, ¿eh? —comenta Aurora.

—Sí, le llamamos Lonan. En honor a él, y no veas lo feliz que se puso.

—Es un gran hombre —dice Narel.

Jake nos enseña las vistas al lago y a las montañas humeantes, y me parece un paraje precioso.

—Ahí está nuestra humilde cabaña. —Señala Jake, y nos quedamos todos embobados.

—Guau, no nos dijiste que era tan increíble.

Se trata de una pequeña construcción de forma triangular, toda de madera y cristales; bueno, hay más cristaleras que madera casi. La han reformado entera Jake y su padre. Veo a Flor en la puerta con el pequeño Lonan en brazos. Ella es preciosa, viste un vestido de flores largo hasta los tobillos y un sombrero de *cowboy*.

—¡Bienvenidos, chicos! —nos saluda desde el porche.

Nos bajamos del coche y la saludamos todos con ilusión. Observo a Sirhan y, aunque para él esto sí que es un nuevo mundo, se le ve relajado. Le doy la mano y le susurro al oído:

—¿Te sientes cómodo? —Imagino que debe ser extraño ir a un sitio en el que no conoces a nadie.

—Sí, pequeña, estoy genial —me responde y me besa el cuello con ternura—. Creo que me podría acostumbrar a esto de vivir sin llevar un arma pegada al cuerpo.

—Bueno, aquí también las llevan. No te creas —le digo entre risas mientras Aurora coge en brazos al bebé.

—He de contarte algo, Flor... —le dice Au dando besitos al bebé.

Se nota que se llevan bien entre ellas. Por lo que Au me contó, se conocieron hace un añito en Monterrey y ya no perdieron el contacto.

—No me asustes... —dice Flor pensando en lo que todos pensaríamos: la enfermedad de Aurora.

—Bueno, a lo mejor sí que te asustas... He ido a ver a John y Cloe antes de venir a Tennessee.

—Oh, Dios mío. ¡Menos mal! ¿Y qué tal? ¿Cómo ha ido?

—Pues ha sido muy fuerte...

Aurora le cuenta a Flor todo lo que nos ha ocurrido la semana anterior que hemos pasado Narel, ella, Sirhan y yo en Monterrey, California. El reencuentro con sus amigos. La gran noticia que John le dio, sobre su enfermedad, el modo en que todos nos quedamos en *shock*. Narel y Aurora volvieron a nacer con lo que John les contó y yo no daba crédito. Veo cómo Flor se emociona y abraza a Aurora al saber lo ocurrido. Y me siento feliz. Feliz de estar aquí formando parte de esto. Feliz de ver a estas personas tan enamoradas y felices. Y sobre todo, feliz de poder compartirlo con Sirhan. De que se haya animado a viajar con nosotros. De que me cuide y esté tan enganchado a mí. Siento que esta vida es un regalo. Mientras Jake nos enseña la cabaña y Aurora y Flor hablan, Sirhan me abraza por detrás y me susurra al oído:

—Me encanta estar aquí contigo. —Como si me hubiera leído el pensamiento.

—¿Os apetece si hacemos una pequeña merienda-cena a los pies del lago, un pícnic? —nos sorprende Flor.

Todos asentimos con ilusión. Ayudamos a prepararlo todo y salimos hacía el lago, que está justo delante de la cabaña.

—Esto es de cuento de hadas, Flor —le digo sincera mientras nos acomodamos en la mantita que ha preparado y nos servimos un poco de zumo de naranja.

—Ni que lo digas. Hay veces en que aún no me lo creo. —Sonríe.

—¿Os dais cuenta de que las tres estamos viviendo

nuestra historia muy lejos de donde nos criamos? Flor es española y ha acabado con un auténtico *cowboy* sureño en Tenneessee. Yo, que soy americana, me voy a Australia. E Isla, australiana, acaba en África.

—¿Vas a instalarte en África? —me pregunta Flor realmente interesada.

Sirhan me mira sorprendido.

—Bueno, yo nunca he dicho eso... En realidad, no lo hemos hablado aún. —Miro a Sirhan y le sonrío.

—Pero es una opción, ¿no, Isla? —me pregunta Au.

—¿Quieres tenerme lejos de Australia o qué? —Bromeo y nos reímos.

—Nada me gusta más que tenerte cerca —me dice, y mirando a Flor y a los demás continúa—, pero el modo en que te brillaban los ojos junto a tu familia africana, porque ella tiene la suerte de tener dos familias, el modo en que cuidabas de los gorilas, preparabas sus menús con tanto cariño, me hizo dudar de que incluso vinieras a este viaje.

—Lo cierto es que África me ha cambiado —confieso.

Y Sirhan me abraza mientras me apoyo en su pecho.

—La vida es increíble. ¿Quién nos diría que estaríamos hoy aquí? Personas tan remotamente distintas, de lugares tan lejanos, y acabamos todas juntas un sábado tomando zumo con quiche en un lago perdido en medio de Tennessee.

Todos asentimos en silencio y nos damos cuenta de que el destino, exista o no, es pura magia.

—¿Cómo es vivir en África? —le pregunta Jake a Sirhan, y él empieza a contarle la vida allí, las tradiciones, un poco de todo.

Yo, por un momento, desconecto y miro la escena desde fuera. Aún me cuesta creer que esto esté ocurriendo. Ha empezado a oscurecer y la luna brilla sobre el lago. Au tiene razón, en África he descubierto mi hogar, y me queda tanto por aprender allí... Pero, por ahora, no tengo planes más allá de esta cena. Así que pienso disfrutar cada instante de estos diez días que vamos a pasar aquí, y después haré lo que Au y Flor hicieron. Seguir a mi corazón. No hay nada más poderoso. Fluir.

Y aquí, perdidos de nuevo en plena naturaleza, rodeados de amor y paz, vuelvo a encontrarme a mí misma, feliz, plena y llena de vida. Miro al cielo y sé que las estrellas ya nunca volverán a ser lo mismo para mí. Y me doy cuenta de que hay veces en que no tener planes es el mejor plan.

La vida siempre es una aventura. Y yo pienso dejar que me sorprenda. Me he deshecho de los miedos y los frenos. Me dejaré llevar. Como hicimos en África, dejaré que sean las estrellas las que marquen el rumbo. Porque una vez sientes su latido, llamándote, agarrándote a la vida, a la naturaleza, ya nada vuelve a ser lo mismo. Ya no puedes ser el que eras ni volver de donde viniste. Una vez te conectas a la vida de verdad, a lo que realmente importa, todo cambia. Y eso es imparable, indomable e inevitable.

Como el día que sueñas con flores salvajes, o el día que el océano te mira a los ojos. Ese día, sabes que tu vida acaba de empezar.

Agradecimientos

Jamás pensé que habría una segunda, y mucho menos una tercera parte, de El día que… La emoción aún me invade cuando entro en una librería y veo mis libros expuestos. Os confieso que es una mezcla de orgullo y timidez, cuando me cuelo entre los estantes y hojeo mi libro como si no fuera mío, con el pudor de ser descubierta. Es algo increíble.

Y todas estas emociones son gracias a ti y a los miles de lectores que habéis hecho esto posible, que habéis hecho que tenga ganas y fuerzas de seguir escribiendo, por vuestras palabras, vuestro apoyo y vuestra energía. Gracias especialmente por todas las fotos que me encuentro en las redes sociales de mis novelas en vuestras manos, en vuestras casas, vuestras reseñas en Instagram, en blogs… No dejéis de hacerlo, por favor. Desde luego, si no fuera por vosotros estas historias quedarían para siempre en mi interior. Pero gracias a vuestras ganas de leer, de devorarlas, puedo sacarlas y publicarlas. Sin lectores, no habría libros. Así que gracias. Espero que sigáis a mi lado muchas vidas más, muchos personajes más y muchas lágrimas y sonrisas más.

Quiero dar las gracias una vez más a mi editorial @rocaeditorial y a cada uno de los que forman parte de ella, por su cariño y su fe en mí. En especial a Carol París (mi editora), que me dio fuerza en un momento en que sentía esta historia un poco perdida, y a Silvia Fernández (jefa de prensa), con las que voy de la mano con cada novela y con cada gira; grandes mujeres que también me inspiran y de las que también aprendo.

Podría dar las gracias a muchas personas, como siempre hago, a todas las que siguen a mi lado novela tras novela, pero quiero que esta vez se lleve el protagonismo Ismael, @ismael__lobo, mi fotógrafo personal y compañero, a quien dedico esta historia. Porque si no fuera por él yo no sabría de África ni la mitad. Porque por sus venas sí que corre sangre africana y porque recuerdo un día de esos grises, literariamente hablando, en los que me encontraba en frente de la pantalla en blanco, sin mucha inspiración, pues escribir sobre una tierra en la que no has estado, ni vivido, no es fácil, y menos aún si se trata de un lugar tan inmenso e inconmensurable como es África. Él me miró y supo que se me estaba acabando la inspiración. Recuerdo que se fue a la habitación y regresó con unas piedras que dejó sobre mi escritorio, piedras que él mismo había cogido en África en la época que vivió ahí; acto seguido puso unos libros, un instrumento musical africano, ropa, un collar, telas, un elefante tallado en madera, y muchas cosas más que tenemos por casa de África. Encendí la lista de Spotify de la BSO de esta novela, con música africana, prendí un par de velas e incienso y contemplé mi mesa. Rebosaba África por todos los costados. Me miró, sonrió y empecé a escribir sin parar. Gracias por estar aquí.

Espero reencontrarme con todos en el próximo libro, que me atrevo a adelantaros que os sorprenderá. Sin más dilación, nos leemos muy pronto. Os quiero. Una vez más:

Sed muy felices, es una orden :)

@dulcineastudios
#noveladulcinea
#eldiaque

Este libro utiliza el tipo Aldus, que toma su nombre
del vanguardista impresor del Renacimiento
italiano, Aldus Manutius. Hermann Zapf
diseñó el tipo Aldus para la imprenta
Stempel en 1954, como una réplica
más ligera y elegante del
popular tipo
Palatino

El día que sientas

el latir de las estrellas

se acabó de imprimir

un día de primavera de 2018,

en los talleres gráficos de Liberdúplex, s.l.u.

Sant Llorenç d'Hortons (Barcelona)

Lee los dos libros anteriores de la serie EL DÍA QUE...

«Me ha salvado la vida en todos los sentidos.»
@9ssel

«Sus palabras son el disparo al corazón que el mundo necesita.»
@danielojeda

«Te traspasa la piel y deja huella en lo más hondo.» @marta

«Simplemente emocionante.»
@enaraziaran

«Leerla es amarla, tu cuerpo se estremece; es inexplicable.»
@miquel

«Te abre la mente y el corazón a partes iguales.» @laura

«Te transporta a lugares increíbles y te hace sentir cosas que nunca creerías poder sentir a través de un libro.»
Raquel Gámiz

«No tengo palabras para describir lo que me ha hecho sentir este libro, desde el principio hasta el final, cómo te hace ver la vida de otra manera.»
Cristina Pérez

«Cuántas emociones en un libro. He llorado, he reído, me he enfadado... En fin, cuántos mensajes en los que pensar. Indudablemente, será una historia que recordaré siempre.»
Lector de Amazon